U0934464

时间缝心

古里果 著

山西出版传媒集团
山西人民出版社

图书在版编目（CIP）数据

时间缝心 / 古里果著. -- 太原 : 山西人民出版社，2023.12

ISBN 978-7-203-13156-4

Ⅰ. ①时… Ⅱ. ①古… Ⅲ. ①长篇小说－中国－当代 Ⅳ. ① I247.5

中国国家版本馆 CIP 数据核字（2023）第 232896 号

时间缝心

著　　者：古里果
责任编辑：张小芳
复　　审：李　鑫
终　　审：贺　权
装帧设计：今亮后声

出 版 者：山西出版传媒集团·山西人民出版社
地　　址：太原市建设南路 21 号
邮　　编：030012
发行营销：0351—4922220　4955996　4956039　4922127（传真）
天猫官网：https://sxrmcbs.tmall.com　电话：0351—4922159
E—mail：sxskcb@163.com　发行部
sxskcb@126.com　总编室
网　　址：www.sxskcb.com

经 销 者：山西出版传媒集团·山西人民出版社
承 印 厂：三河市金元印装有限公司

开　　本：890mm×1240mm　1/32
印　　张：6.75
字　　数：140 千字
版　　次：2023 年 12 月　第 1 版
印　　次：2023 年 12 月　第 1 次印刷
书　　号：ISBN 978-7-203-13156-4
定　　价：48.00 元

如有印装质量问题请与本社联系调换

第一章 001

第二章 073

第三章 119

第四章 161

第五章 197

或许，我们心里都曾经装过月光，但现实中的大多数人，却向往和选择了太阳。

第一章

—01—

我想叫他国王先生。那是在一段冗长的岁月，一段长达十七年的时光里，我在心里给他起的名字。或许，每个人的生命里都出现过这么一个至关重要的人，但这个人也许并不存在于你的生活之中。他是被碎星捧着的明月，是瞭望台上璀璨的灯塔，也是春色里的清晨与日暮。他存在着，过着与你毫不相关的生活，却又侵入你的生活之中，无处不在。万物似乎都与这个人无关，但万物似乎又都长成了这个人的模样。而后来，当光芒降临，大雾散尽，我终于从这迷茫与漫长的追寻中走了出来。

再回首那段日子时，时间已经过去了将近二十年。

—02—

彼时，我还是个二十二岁的小姑娘，刚从大学毕业，有着后来四十岁的自己万分羡慕的年龄。是的，不管我本人是什么模样，单是这个年龄就让我足够美好，足够绚烂。长相算不上出众，却足够清秀甜美；个子不算高，身体却也小巧玲珑——这些，都只是这个年龄之上的锦上添花。当然，那时的我，并不知晓我正处在最美好的时光里，我一清二白，大雪也覆盖不住的洁白。我更不会知晓，从那一年之后，直到临近四十岁，我会反反复复去窥视那个年轻的自己，窥视那一段甚至算不上恋爱的情感。

但是，毫无疑问，那的确是一段经得起推敲和琢磨的时光，它如此美好。但凡我意识到，这个世界上存在着国王先生这个人，我就能以热烈的姿态认真生活着，每一天，我都活得像个小姑娘。三十几岁，我依然是个小姑娘。我的灵魂停留在了初见时的二十二岁，皮囊千变万化，皮囊时新时旧，皮囊在三十五岁之后，开始了褶皱破损——我的灵魂依然是二十二岁，不增也不减。这真是奇妙的事情。可想而知，让一个女人呈现出这种恒久内核的男人，有多么的令人迷醉。

这世间不能没有国王先生，他就是美本身——这种美不只是形体面庞这样肤浅的美，而是从灵魂深处渗透出来的美感——他无时无刻不在美之中。美笼罩着他，或者也可以说，美是他播下的种子。这些种子，一部分撒播进了生活中，一部分创作成了艺术品，一部分融入了他的灵魂里。而我，也因为在记忆里储存珍藏了这个人，成就了一段永恒的故事。随着时间的推移，国王先生竟渐渐代替了我热爱的艺术。不论艺术是多么被世人称颂，多么伟大，多么抽象，在我的心里，他的名字，就等同于艺术。

现在，我想讲一讲这绚烂璀璨到永生不忘的几日。

—03—

那是2002年8月，我刚从大学毕业，读的是中文系，因为我的父母希望我能做个知性的文化人，但我一直更热爱艺术。大学的四年里，除了大量阅读各类书籍，我最大的爱好就是逛美术馆。不管去哪一座城市，画廊或者美术馆永远是我最先要去的地方。我看各个艺术家的画，站在一幅幅画前面，观察笔触、用色，以便能感觉到、触摸到那些画作的灵魂。

那次是我的大学毕业旅行，也是我人生中第一次出国。和我同行的是我的好朋友林恩禾。对于这次旅行，我的家人一开始十分反对，尤其是我的男朋友，我称呼他为"哥哥"，他比我大七八岁，素来将我当成需要宠爱的小姑娘，也的确，他将我保护得完好无损。是恩禾向所有这些深爱我的人们保证，会将我完璧归赵。她长了一副乖乖女的模样，说话诚恳，显得十分可靠。她向我的家人说了几遍，会将我照顾得很好。在她锲而不舍地努力下，我终于得以有了这次自由的旅行。我们从北京飞到了上海，再乘坐飞机，途经阿布扎比时做了短暂的停留，总共花了二十几个小时，终于抵达了希腊首都雅典。

我们住宿在海边的一家小旅馆里，住进了一座白色的房子。我们住的房间不大，有一扇落地窗，窗外是个有着蓝色栅栏的小阳台，放了一组白色的桌椅。刚开始的旅行，一切都是正常的，充满了新奇。林恩禾是个活泼开朗的女孩子，长着一张娃娃脸，当时的她还留着齐刘海儿，有点儿像日本动画片里的小丸子。我们同窗四年，也在同一个宿舍一起住了四年，对彼此万分熟悉，因此结下了深厚的友谊。她单纯、热情又温柔，十分会照顾人。

白天，林恩禾和我一起走街串巷，去小巷子里不起眼的画廊看画，或者在卫城脚下的咖啡厅喝咖啡、吃西班牙海鲜饭。下午有时结伴去沙滩散步，那是一年中最热的季节，浅水区里有众多游泳消暑的人们。这里大多数都是白皮肤的欧洲人，鲜少能见到黄种人。在这异国他乡，我们成了受人瞩目的外国人，我们总是被友好的希腊人误认为是日本人，有时一天竟要被误会三五次。恩禾并不介意，她在国内也经常被当成日本籍的小姑娘，早已经习以为常。

傍晚时分，我俩就坐在阳台上的小桌前喝咖啡，地中海炙热的阳光在这个时候温和下来。太阳坠落在海平面上，金色的光芒下，蓝色的海面闪烁着粼粼金光。满世界都染上了金色，阳台上的栅栏、玻璃窗，就连我和恩禾也笼罩在一层薄雾般的金色之中。那时的林恩禾很年轻，跟我一样年轻，一样的朝气蓬勃，充满了旺盛的生命力。她有着十分规律的作息，一到九十点，就必须入睡，清晨七八点又跟着初升的太阳一起醒来了。小旅馆的房间里有两张单人床，我们分床睡。但如果她夜里做噩梦就得另当别论了，非得爬到我的床上，跟我一起睡觉。但好在我们都拥有着苗条的身形，也算不上拥挤。是的，如这最初描述的一样，一开始，这只是属于两个年轻姑娘的美好旅行，以此纪念我们告别校园，迎接即将到来的崭新社会。

但，就在我们抵达雅典的第三天傍晚，在雅典那一片被金光照耀的沙滩上，一切都被改变了，永久地改变了。那些阳光照在大海的褶皱罅隙里，光波颠簸流淌着，海面星光闪烁，像是海天颠倒了，海面长满了星星的眼睛。它们看着我——或许，那天的日光和海面的星光同时预知了未来——我将不再是过去的我。那片沙滩，那个沙滩上的人，将过去的我删除了。我成了一个崭新的人。

我不存在了。我的身体只是一个壳，壳里装着一个不会衰老的年轻男人。那一年我还是个小姑娘，直至我外面那层壳开始衰老，我的灵魂依然是个小姑娘。

—04—

我记得那是星期三的傍晚，林恩禾和我在小旅馆附近的一家希腊餐厅吃晚饭。她戴着一顶鸭舌帽，穿着运动衫和球鞋，这身打扮让她看起来像个高中生。我们点了热咖啡和汉堡，还有一份甜到发齁、价格不菲的甜品，但我们只一人尝了一口便作罢了。那顿饭吃得不太愉快，匆匆就结束了。饭后，我们沿着沙滩边的马路溜达着往回走。林恩禾走得漫不经心，时而看看路边的商店，时而看看远处游泳的人们。我走在前面，原本我只是想早点儿回旅馆休息，但就在这条靠近沙滩的马路上，远远的，我发现了一个架着画板作画的人影。隔得太远了，我甚至分不清楚性别，只觉得那影子像是融进了一片璀璨的金色夕阳里。与其说，那一瞬间，我对这个人万分好奇，莫不如说，这个人有种巨大的吸引力，诱惑着我走过去。

我停下来，等着恩禾走过来。我找了个敷衍的借口说道："我吃得有点儿多，太撑了，我想要再散一会儿步。"

这个好心的姑娘，立即迁就我："那我陪你去散步吧。"

出于一种特殊的目的，我对她说了言不由衷的话，我告诉她："这傍晚的沙滩太美了，我想独自散步一会儿。是的，我想独自在沙滩上走一走……可能会久一些回去。"我重复了两遍，以彰显我的坚决。

她有些惊愕，但按照我对她的了解，她并不会想出更多的意思。果然，她只是微微地叹息了一声，嘱咐我，一定要注意安全，早点儿回旅馆。

就这样，我看着她有些失落地独自朝旅馆的方向走了。等她走远一些，我立即跨过马路边上的栅栏，穿过一片青草地，奔跑向了金色的沙滩。

我迫不及待地想要靠近那个人影。

那天的我，扎了两条麻花辫，戴着一顶草编宽檐遮阳帽，穿了一条轻薄的白色吊带连衣长裙，一张无任何妆容的寡淡的脸上，还有些许的小雀斑。尽管我的母亲曾多次征求我的意见，想要带我去激光去除雀斑，都被我拒绝了。我喜欢我的雀斑，这些雀斑甚至让我感到骄傲，这是我的特色，它们像跳跃在我脸上的音符，我从不掩饰。此时的沙滩上聚集着很多人，越奔跑向这个绘画的人影，人越稀少。等我跑近了，我才看清，那是个年轻的黄种男人。我喜欢跟我一样肤色人种的年轻男人，在希腊这片孤僻的沙滩上，这真是太难得了。

此刻，这个男人正在专注地绘画。他画的是油画，画面呈现出傍晚的大海和落日。他背朝着我，穿着一件简单的白色T恤和一条卡其色的短裤，胳膊和腿修长，体形瘦弱，比我高出来很多，粗略估计有一米八几。这身高，在身材娇小的我面前，有一种压迫感。我最先注意到的是他踩在沙滩里的脚，光着，细长又白皙。旁边放着一双拖鞋。他的手握着画笔，颜色一笔一触落下去，画面上的碧蓝大海宁静深邃，而落日磅礴壮观。那些丰富的色彩协调地组合在一起，充满了张力。海的中间有座孤岛，孤岛上站着一个纤细的少年的背影。画面唯美梦幻，却又有一种无法言说的孤独感。是的，这是一幅有生命力、渗入了画者灵魂的艺术品。

我站在离他几米开外的地方，不敢靠近。就这么静默地、全神贯注地注视着他。我观察着他的手，阳光落在他的手背上，那皮肤比大多数的黄种人都要白，似乎在发着光。过了好一会儿，他终于注意到这束注视他的目光，扭过了头，我得以看清他的模样：他长了一张柔和的脸，眼睛并不大，却摄人心魄的明亮，像孩童的眼睛。很多年后，这双眼睛一直出现在我的梦境里，在我闭眼的每个时刻，我都与这双眼睛凝望着。直至当年的年轻男人步入中年，被岁月篆刻出了皱纹和白发，那双眼睛依然如同稚子般清澈。我只见过这个男人长了这样的眼睛，那眼睛里藏了白云、湖泊、星辰大海，藏着世间最纯粹而美好之物，再也没有任何一个男人能比过他。他的眼睛，仿佛是不会衰老的，岁月越洗越澄澈。他的鼻子像平原上隆起的一座山，弧度刚好。那张唇则像是一朵藏了秘密的花蕾。这张俊美的脸搭配着略显白皙的皮肤，一头乌黑浓密的头发和一对浓黑阳刚的眉毛，以及下巴上淡淡的胡须，有一种矛盾的美感，像是某种阴柔和锋锐的组合。他看了我几秒，脸上没有任何表情，唯有眼睛亮晶晶的。旋即，他转过头，旁若无人地继续绘画。

我见他并不排斥，又靠近了一些。这时，我离他已经非常近了，甚至能看清楚他皮肤上的毛孔，还有额头上细小的汗珠。我有太多问题想要问他，比如，这幅画想要表达什么，画面上少年的背影又是谁，等等。但在那日美到悲伤的晚霞沙滩上，我发不出任何声音，好像任何的声响都是多余的，是冒失的闯入者，是粗鄙的破坏者。我就这么一直在他旁边站着，站着，我渴望他主动对我询问点儿什么。但他似乎对我毫不在意，或者说，他把我当成了类似这沙滩上的沙子、旁边的树木一样的东西。

光线渐渐暗下来，他终于画完了那幅画，开始收拾画架、画笔。直到他收拾完，带着那幅画离开，我自始至终没有机会与他说上一个字。虽然我感觉到万分失望，但更多的是好奇，从来没有哪个时刻，我如此想要认识一个人——我想要认识他，这是乍然之间涌动起来的强烈的愿望，我甚至觉得，我对他是一见钟情。尽管，在此之前，我对这种近乎童话般的爱情嗤之以鼻。我觉得，见一面就爱上完全是疯狂至极、愚蠢至极的事情。而现在，这样的事情就发生在了我身上——我对这个连名字都不知道，一句话未曾说过的男人充满了好奇与热情。这股热情指使我做出了我有生以来最大胆的举动。我下意识地跟上了他的脚步，但在过马路时，他率先通过。而我因为等待绿灯，再跑过马路时，他已经消失不见了。

我在热闹的街头反反复复寻找着他的背影，却终是无果。这令我备受打击，回到旅馆时，整个人萎靡不振，像是错过了某种珍贵之物。而我几乎能确定，如果不能找到他，我再也无法从其他人那里获得这种珍贵之物，包括在此之前，我以为自己一直爱着的男友哥哥。这突然升腾起的奇异的感知，让我感到既新奇又恐惧，仿佛是神的指引，又似乎是一场关乎爱情的考验。我并不知道这个男人对我意味着什么，我只知晓，这短暂的见面，已经让这个人翻滚回荡在我的脑海里。

那天晚上，我没有和林恩禾坐在阳台上聊天，也没有享用她准备的美味夜宵。早早就上床睡觉了。在梦中，在我醒来迷迷糊糊的潜意识里，那个年轻的男人，反复地进进出出。我在梦中又见到他回眸的脸，像满月一样的清冷，充盈着一种莫名的距离感。

—05—

翌日，我们退掉了旅馆的小房间，收拾打包好行李，开始了接下来的旅程。我们坐上了出租车，出发去了一个码头，再乘坐游轮去米克诺斯岛。就在那艘游轮上，命运之神眷顾了我，仿佛神迹出现——我再次见到了那个年轻的男人。

他背着画架，拖着一个深色的行李箱，换了一件条纹衬衫和一条牛仔裤。我一眼就将他从人群里打捞出来。他看起来太干净了，完全不像我所认知的其他搞艺术的创作者那样不修边幅、满身颜料。即便在人群中，他也是一尘不染的。我在心里暗下决心，再也不会错过老天给的机会，无论如何也要认识他——命运将他扔向了我，我只想接住，用尽我所有的力气接住，不论结局如何。我是这样想的，抱着一种毅然的决心。

他和我的座位隔了条走廊。途中，林恩禾看着窗外的海景，雀跃地跟我分享着她的欢乐。而我一句话也听不进去，我的视线、我所有的心思都在这个男人身上。原本我想走过去打个招呼，顺便要个联系方式，但他的表情，很明显是拒绝了一切的。那张嘴缄默着，却仿佛含着明灯。而我因为担心被他误会成冒失轻浮的人，终是打消了这个念头。我想着，等下船再寻找机会吧。

几个小时后的傍晚，游轮停靠在了码头边。人们陆续站起来，收拾着行李，准备下船。我看见他已经起身，着急地把行李交给了恩禾，带着催促乞求的语气说道："我看见了一个熟人，等下我要过去找他，就拜托你受累下，先帮我把行李带回去。"

她震惊地反问道："在这里，你也能遇到熟人，太巧合了吧？"

我说："我肯定没认错，我得过去一趟，我们已经很久没见面了。"说完，我又补了一句，"求求你了，我的小仙女。"

她就是这样的好姑娘，只要我叫她小仙女，简直是有求必应。好在我的行李并不多。她无奈地接过我的箱子，摇摇头说道："我真是拿你一点儿办法也没有呀，我在旅馆等你，你早点儿回。真是的，昨天下午从沙滩回来，你就变得奇奇怪怪的。"

我来不及跟她再解释，赶紧穿过走廊，装作若无其事地跟到了那个男人的身后。他也许注意到了我，也许吧，我是这么认为的。但他照旧沉默着，似乎不喜欢与人打交道。

周遭闹哄哄的，到处是人们的笑声、聊天声、脚步声、海浪声……而这些，好像与他都是不相干的。他筑起了高高的城墙，好像将整个世界都封锁在外。这样的他让我越发好奇，越发想要破门而入，进入他的领地里。

我跟着他下了船。

码头并不大，穿梭着各色风尘仆仆的人，各种车辆无序地停靠在边上。他是这里少有的黄种人，加上他背上的画架太惹眼，我跟起来不算费劲。他叫了一辆出租车，我也赶紧叫了一辆，跟在他的车后边。十几分钟后，车停了下来，我也赶紧下了车。我看着他走进昏黄路灯照耀下狭窄的街道，瘦削高挑的身影孤零零的，似个独行侠。认识他的欲望更加强烈了，战胜了我作为女生的羞涩和那颗可怜的自尊心。我毫不犹豫地、勇敢地追了上去，穿过琳琅的小街巷，再爬上了依山而建的石台阶。这中间，他停下来过，和我打了照面，又照旧踏上了路途。

在半山腰的一栋别墅前，他停了下来。我在他几步之外的台阶下站着，仰望着他。是的，仰望——我料想不到，这个上下的姿势，在日后竟然贯穿了十多年之久；我料想不到，我会一直踮着脚尖去仰视、去爱慕、去迷恋他；我料想不到，这短暂的几日，我竟走了那么遥远，远到之后找不到回路。

他终于俯视着，看到了我。他不再打算逃避我的眼神。

“进来吧。”他说。这是他跟我说的第一句话，不是“你好，你是谁”。像一座紧闭的城墙徐徐打开了一道罅隙。

我立即点头，尽力掩饰着内心的激动，又上了几个台阶，站到了他的身边。就像初见时，我在他身旁，注视着他绘画。

他敲响了门，很快有个上了年纪的白人男子来开门。门一打开，就热情地跟我们打招呼，并张开双臂，拥抱了我们。然后，我跟着他，他跟着那个白人男子，上了二楼。那里有个很大的露台，摆着长餐桌和沙发。我们穿过露台，进到了房间里。房间是日式原木风格的，走廊将房间分成了两部分，一边是小厨房，还有一边是间面积很大的卧室，木格子窗户，白色的窗帘，床单、被子、枕头也是白色的，床边铺了一张花纹复杂的羊毛地毯。靠窗的位置上摆放了一张书桌，旁边还有一面巨大的穿衣镜。整个房间朴素、干净，房东还好心地在书桌上放了一束鲜花。卧室的里边，是一间浴室，除了马桶和洗漱台，还有一间玻璃隔起来的淋浴间。角落里摆放着一个白色的大浴缸，旁边的架子上摆放着洗浴用品。

他放下行李，身上汗涔涔的，却并不黏稠，倒像是挂着清晨露珠的树叶，散发着香气。我站在屋子中间，有些手足无措地看着他。我想要他跟我说些话，比如，问问我为什么要这么远一直跟着他，很显然，从下船起，他就知晓我一直跟在他身后。然而，他似乎对此毫无兴趣，甚至看都不看我一眼，他始终有种距离边界感，仿佛结了一层透明的冰做的壳。接着，他打开了行李箱，拿出了干净的衣服，径直去了洗浴间，关上了门。随即，我听到了“稀里哗啦”的水声。

我和他只隔着一扇门，门里的男人正在洗澡，这让我感觉到了一种暧昧的气息。水声持续响着，我站在房间里等他，觉得时间像是放了慢镜头，一分一秒都无比难熬。百无聊赖之际，我站到了窗边，看着山下这座小城的夜景。灯光从半山腰一直亮到了山底，海边停靠着几艘游轮，也闪烁着星星点点的光芒。我打开了窗户，一股海风吹进来，外边街上的音乐声也漫了进来。我清醒了一些，这才意识到，自己斗胆干了多荒唐的事情，但我一点儿不感到恐惧，我对这个只和我说过一句话的男人，充满了一种莫名的信任感。这种感觉，从在沙滩上，他的沉默让我以为他允许我靠近开始，就深埋下了。我甚至在此刻，在这间房间里，将哥哥忘记了，我也忘记了林恩禾，忘记了我的父母……除了这个男人，在此刻，在这里，我谁也不记得了。

他终于洗好了，带着一身洗发膏或者某种沐浴露的香气，一起闯入了卧室。他的头发没有吹干，湿漉漉的，软塌塌地贴着头皮，脸在灯光下更白了。他没有穿拖鞋，光着脚，于是我又看到了他细长的脚趾，和修剪得平整的指甲。

几缕湿发遮挡在他额前，那眼睛显得更深邃透亮了。他看着我，那眼神真是要人命的。

我根本无法直视他的眼睛，只得低下头，盯着他的脚。

这双脚走向了我，在离我咫尺的地方停了下来。

“你会喝酒吗？厨房里有些啤酒。”他终于又开口了。

我从来没有喝过酒，但是当我抬头看见这双注视着我、等待我答复的眼睛时，我毫无抗拒之力。

“好啊，那就少喝点儿吧。”我说。

他很快从厨房拿来了几瓶啤酒。我们便一起在露台的餐桌上开始喝酒。他递给我一瓶，我小啜了一口，味道很苦，像某种难喝的中药，我想吐出来，嘴巴却很听话地咽了下去。

他完全没看出来我是第一次喝酒，我也并没有说。

就这样，我又强忍着反胃继续喝了几口。

他举起酒瓶，跟我碰了一下。酒瓶发出碰撞的脆响。海风很大，吹乱了他的头发。半山腰灯火明亮，更远处的山顶也亮着依稀的灯火。他的脸在灯火中，像是笼罩在一层薄雾里，明艳艳的，湿漉漉的。我看着这张脸，看着他的眼睛，总觉得有一层坚硬的壳覆盖在他心中。隔着一张桌子的距离，我甚至能感觉到一股凛冽的寒气。

“今天很谢谢你呀。”我借着酒气说道。

“谢我什么？”

“谢谢你开门放我进来。”我说的并不是别墅的那扇大门，而是他心里的那扇门。

我没料到他会敏锐地听出来我这话中话，淡淡地说道：“我太孤独了，要是遇到执着敲门的人，也许……我可以尝试一下开门吧。”

“不然，你今天得独自在这露台上喝啤酒了，想想就是一件寂寞的事情啊。”感受到他说的是心里话，我也自在了一些，敢说出调侃的话来了。

“我已经习惯了，不觉得这有什么。”

“这也能习惯呀……”

我感慨了一声，一时间不知道该如何接话，只好又喝起了酒。

“习惯了，我习惯了。”

他喃喃自语地又说道。

这简短的话，却突然之间像利剑刺向了我。我竟然感受到了痛感。这是一件很难得的事情，我的人生太顺畅，当然，也可以说是太寡淡无味了。一直生活在幸福中的人，是浮漂的，这痛感让我有种坠落接地的感觉。

我们不再说话，各自喝起了酒。

他喝了三瓶酒，我尽自己最大努力喝完了一瓶，便实在喝不下去了。他有了些醉意，脸上泛着红光。我看不见自己的脸，只觉得整个脑袋、整张脸都在燃烧，脚像是踩进了云朵里，踩进了棉花地里，轻飘飘的，却很舒服，好像我的身体和灵魂都飞起来了。

“你跟得很累吧，就不担心我是个坏人吗？”他突然问道。

这个问题让我很高兴，他终于给了我一些存在感。我说道：“昨天已经跟丢过一次了，今天我总得纠正错误啊……我的直觉告诉我，你很可能就是我想象中的那个人。”

“女孩子啊，别对自己的直觉太自信了，这是一件很疯狂很危险的事情。”

“你提醒得对，我想这是我第一次，也是最后一次做这样的事情了吧。”

“你想象中有个怎样的人？女孩子都这么爱幻想吗？”他皱了皱眉头，又问道。

“我不知道，原本一直都只是个模糊的影像，看见你了，那个影像就好像清晰起来了。可能，就长着你的样子。”

“我们才见过两次，认识不到一个小时。”他显然有些惊讶，但很快又恢复了冷淡的常态。

“是的，但我总觉得呀，我认识你很久很久了。”

“我已经很久很久没主动去认识过任何一个人了。我有些社恐，不喜欢接触人，也不喜欢见人。”他又说道，深邃的眼神一刹那间布满了浓重的阴影。我终于敢直视他了——那乌云般的阴影，竟然也闪着光芒。不似炙热明亮的太阳光，是清冷的月光。

我就这样看着他，看着他那张让我初见就迷恋上的脸。我想去探索他刚才的话，却又生怕越界，引起他的警惕和反感。我更想要拥抱他，让他知晓，接纳人是多么温暖愉悦的事情。可是我无法告诉他，这种初见就无比笃定且确认的感受——从我幼年学画并从此热爱上艺术，逛遍美术馆；从我决定避开家人的陪伴，尝试我第一次的出国旅行，好像所做的这一切，都是为了在那个夕阳绝美的雅典的沙滩上，认识这样的一个男人。多么疯狂，又是多么浪漫和罪孽。

月亮升起来，天空里繁星点点，整个人间仿佛都被点亮了。海风吹着我的长发，他的头发也被吹干了。我和他一直有一搭没一搭地聊天，他聊他幼年学画，从绘画中找回了自信，考上了中央美术学院，聊他在画室里彻夜不眠地创作，偶尔也聊他的小时候，在北大燕园长大，兄弟姐妹都是高知分子，只有他成绩普通，选择了绘画，反而如同发现了新大陆。我也聊我的人生，但我的人生太平淡寡味了，像被罩子护着，或者是活在孙悟空用金箍棒画出来的保护圈里。我的人生的确没有什么好聊的，父母恩爱，家里不算特别有钱，但也不怎么缺钱。除了热爱着文学和艺术，我没有其他的爱好。然后我们聊起了艺术家，他说他喜欢怀斯，他喜欢怀斯那样的人生，在一个狭小的地方生活了一辈子，画了一辈子的邻居，却很安稳幸福。我对怀斯有一些了解，我也喜欢他的画风，时间仿佛在他的画里凝滞停摆了。我们又聊起了弗里达、欧姬芙，构成主义、表现主义……不知不觉中，夜已经很深了。月光照着安静的小镇。

桌上，没有酒的空瓶子歪七倒八，像是被抽干了灵魂的可怜人。

我说："我该回去了。"

他送我到别墅的大门口，站在台阶上向我挥手，沉默地注视着我。我也朝他挥手告别。门里的光漫出来，他站在逆光处，被身后的光捧着，像一尊神，一个或者不属于人类的别的物种，世间独一无二的存在。

我想到这没有同类的孤独感，心里突如其来的一阵柔软，眼睛里竟然湿漉漉的泛起了雾气。

“我明晚还来。”我说道。

—06—

打车回到旅馆时，林恩禾已经睡下了。我轻手轻脚地打开行李箱，取出睡衣，去浴室里洗漱好，却睡意全无。我打开推拉门，去卧室外的小椅子上坐着，看着漫天的星星和明月。不知不觉中，那月亮里竟然出现了那个男人的脸。我对哥哥充满了深深的愧疚，这涌动的爱意和愧疚互相交织，令我彻夜辗转难眠。

第二天清早，恩禾来叫我起床，我们约好今早去逛城区里蓝白色的街道。我实在太困了，她怎么也叫不醒我，只好自己先出门了。我一直睡到了中午，吃了她打包带回来的西餐，一个汉堡和一杯咖啡，勉强填饱了肚子。下午，我跟着恩禾去逛街，途经一家画廊，看着画面上的笔触，我又想起了那个男人，顿时又呆站在了画前。

“你到底是怎么了？这两天像变了个人，我得给叔叔阿姨和哥哥打电话了。”恩禾推了推我，忧心忡忡地说。她也跟着我喊我男朋友“哥哥”。

哥哥是个善良、慷慨、热心肠的好人，每周都会过来学校，请我们整个宿舍的人吃饭。我的朋友姐妹都认识他，因为他比我们大很多岁，整个宿舍的人都亲昵地称呼他“哥哥”。我平常也很少喊他名字，只喊“哥哥”。我这才意识到，我是有男朋友的人。而且，这个人从我十八岁起就默默照顾着我，等着我大学毕业。我身边的所有人，包括双方的父母，都认可了我们的关系。

就在几天前，我想起哥哥，只觉得内心充盈着幸福感。而现在，我只感到深深的自责和愧疚——我的心被那个年轻的男人占满了。哥哥是所有人都认为能给我幸福未来的人。就在前不久，我还满怀憧憬地期待着毕业，期待着即将到来的那场婚礼。两天之前，我还以为我和哥哥是在谈恋爱。然而，就在那段短暂的时间里，一切都发生了骤变——我的内心满是山呼海啸般的情感，并且这种情感正在以分秒的速度快速地裂变、发酵膨胀着——是的，我的心里正发生着不可思议的事情。

“你最好别打，我可能只是有点儿不适应出国吧。”我又说了言不由衷的话。

“你这解释太牵强了，并且，你也没告诉我，你那天匆匆去见的熟人究竟是谁。我对叔叔阿姨和哥哥保证过，会照顾好你的。如果你这个样子，我回去都无法向他们交差了。”恩禾心疼又不安地望着我，她是多么温柔的好姑娘啊！我也不知道老天为何如此厚爱我，派了这么多好人在我身边，爱我、守护着我。

“我真的没事，你不要担心啊。”我说着，上前抱住了恩禾，又说道，“你要相信我，我如果真的不舒服，会告诉你的。”

我们在画廊的门口紧紧地拥抱着，林恩禾终于松口，保证暂时不打电话，但是需要观望我接下来的表现。

不管怎么说，我得以舒展一口气了。目前的境况下，我不想接家里的任何电话，这会加重我的负罪感。一见钟情这种事情真正在现实里发生了，并且，我有种强烈的预感，或许并不只是一见钟情那么简单。我仿佛隐隐约约窥见了，包裹在坚冰之下的那个年轻男人的灵魂。

自己挑对了衣服，我猜想恩禾也是从这条可以称作性感的裙子上发现了端倪的。她知晓了我去见的是个男人，一个超过了对哥哥的喜欢的男人。

我跟着他的脚步上了二楼，坐在露台的沙发上看夕阳。此时，太阳已经看不见了，只有温热的余晖照着远处的海面和小镇。坐在半山腰，能看到山下屋顶的阳台上，有人在跳舞，有人像我们一样在看落日。整个世界仿佛包裹在了甜蜜幸福的氛围里，是这样的宁静。这种宁静仿佛可以吞噬整个小镇和大海。

“这里的落日真美啊。”我忍不住赞美道。

“美好的东西都是易逝的，留下来的痛苦才是持久的吧。”

他轻描淡写地说出来一句深刻的话。这句话简直击中了我的耳膜。

我看着面前这个干净到近乎不食人间烟火的男人，他如此年轻，虽然我并没有冒昧地询问过他的年龄。但单凭容貌去判断，顶多二十六七岁。这样年轻的生命，怎么能说出这样深刻的体会呢？再联想到他不愿与人打交道的秉性，我免不了产生诸多的困惑和猜测。

“啊，怎么会有这样的想法呢？这种想法太悲哀了。如果美好让人想到的是痛苦，那美好存在的意义又是什么呢？”我的直觉告诉我，今天的我们，关系又进了一步，于是竟大着胆子追问起来。

“你太稚嫩，太单纯了……看你的样子，像是一直生活在蜜罐中吧？”

“我的确没吃过什么苦，家人、朋友都疼爱、关心着我。成绩不算特别好，可也没人责备我，并且顺利地考上了大学，又顺利地毕了业。没吃过贫穷的苦，从小到大也没缺过爱。也许，这就是世人眼中的蜜罐子般的生活吧。”我诚实地说道。

“你就保持这样的生活状态就很好了，不要试图去打开黑暗，那不是好东西。像你这种养尊处优的小姑娘，承受不住的。”

他并不打算跟我进行深刻的对话。

但他所说的黑暗的、不是好东西的，反而深深地吸引了我。这和他的形象形成了碰撞的反差，他太明亮干净了，这样的人，心中真的会包裹着一团暗色的物质吗？我竟产生了“这团物质很可能是造就了现今这个他的根源”的想法。我想要去剖开他的内心，去看清他的所有面，绚丽的、灰色的、明亮的、隐晦的、破碎的、完整的……我在当下意识到，他的人和他的画一样，有着缤纷的颜色。但唯独，没有混浊。是的，他如此干净，皎洁如高远的明月。

“从你放我进来起，我就把自己当成你的朋友了。不管你是怎样认为的，我是真诚地想要了解你的过去。”

“我的过去没什么好了解的，一个普通人能有什么像样的过去呢？不过是一日日平凡地生活着。我有时在画室里，一待就是一整天，除了吃饭睡觉，都在画画。就是这样单调寡淡的生活啊。”他把那颗真实的心，藏在了最表面的生活之中。

“我看你的画，倒像是个敏感又感情充沛的人呢。”我还想再试着追问下去，“那幅画里的人，对你来说，是个特别的人吧？”

此话一出，他顿时面色惨白，陷入了沉默。接着，他从兜里掏出香烟，默默抽起来，他的手指在微微颤抖，点了几次才点着。他那张柔和的脸也变得严肃起来，面色惨淡且神情悲伤。这震慑住了我。我突然意识到，自己说了冒失的话，为此，我变得惶恐不安起来。

“如果我说错了什么，还请你多见谅啊。我也只是太想了解你了……”我说。

“为什么这么想认识我，又如此想要去了解我？”

他深深地看着我，这样的目光让我变得比以往更加坦诚而率真。

“就是一眼就认出来的人，我该怎么说呢——好像踩在了泥潭里，每一秒都在朝着深处深陷。总想要了解你更多一些，每了解多一点，就像是收集到了珍宝。”

“我没有你想象中那么好，不值得啊。”他叹息了一声，又说道，“但是呢，能被一个女孩子这么对待，也许是件不错的事情吧？至少现在，我感受到了些许温暖。”

他提到了温暖两个字，而与之对应的，我联想到了寒冷。

“你的家人呢，朋友还有爱人呢？这样的温暖，应该是一直陪伴着你才对吧？”我说。

“既然你这么执着地想要了解我，我也感受到了你的善意，那就说一说吧。”他熄灭了烟，起身把烟头放进了垃圾桶，又把烟灰缸里的烟灰也倒掉了。这一套动作行云流水，像是保持着一种惯性。

“你是有洁癖吗？”这几乎是我准确的直觉。

“有一点儿，我不喜欢杂乱无章，就连我的画室都必须整整齐齐的。”

“你的画室整洁，我倒是一点儿不感到惊讶。这才像你呀。”我说着，又期盼地说道，“那继续之前的话题，讲一讲你自己吧。”

“我没有你这样的好运气，有一个爱你的完整家庭。我父母在我小时候就离婚了，我跟了我母亲。在女人为主导的家庭里，我从小就希望自己看起来像个男子汉。但我的长相，生来清秀，所以后来很长时间里，我都在学着如何成长为男人。我成绩也不太好，不过老师都说我有绘画天赋，是画画让我找回了自信。画久了，就离不开了，这不仅是我的谋生手段，也是在表达我的内心。我待得最多的地方，就是我的画室。”

像我这样被宠爱大的孩子，的确无法理解单亲家庭长大的孩子，尤其是跟着母亲长大的男孩子。他露出了他破碎的一面——像是水波潋滟的湖泊，闪烁着星星点点的碎光，掬一捧水月，清澈见底的澄净。我又想要拥抱他了。

我感觉到自己又陷进去了一些，忍不住挪了挪位置，靠他又近了一些。他并没有表现出反感或者躲避，于是，我大着胆子坐到了他身边，紧挨着他。靠近他，真是一件绝妙无比的事情。

“你要在希腊待多久？”他突然问道。

“一共一周。雅典三天，米克诺斯岛四天。今天过了，还有两天就得离开了。”我说。

“真快呀！”

他说着，突如其来地伸出来一只手，搭在了我的肩膀上。触碰到他皮肤的瞬间，我的身体战栗了一下，人也变得柔软了。心中却翻滚起了一团炙热的火焰，像是花蕾层层叠叠地打开了。从触碰的这一刻起，我进入了另一个世界，一个被重新定义和构架的崭新世界。我能确定，这是我人生中初次与一个男人产生这种感知。

我情不自禁地将头靠了过去。我堕落了，就是想起哥哥，我也想要这么做了。我只能、必须这么去做。

“美好就是易逝啊！”他又再次说起了这句话。

“你还要在这里待多久？”我不舍地问。

“再待半个月吧。因为我爸爸曾经对我说过，希腊有这个世界上最美的太阳。我想来这里看看日出日落，寻找光明。”

“你很爱你爸爸吧？”我问。

他点点头，又说道：“那幅画里的背影是我小时候。是的，是我自己。”

他说着，眉眼低垂下来，眼底的星光也黯然了。那张柔美俊秀的脸上，突然之间结冰了，质地晶莹剔透的冰层，像远处刚升起来的月光。我仍然是仰视的角度，他实在比我高出来太多了。我看着他，一直看着他，我甚至想要永远这么看着他。

“我很久没见过我爸爸了，自从我父母离婚他再婚后，就见得一年比一年少……”他幽幽地说道，眼睛里泛起了水雾。大雾在他眼睛里升起，那双迷雾一样的眼睛呐！“我记忆中小时候的家庭很幸福——所以说啊，美好的东西都是易逝的。比起得到，失去是更轻而易举的事情。是不是我不再渴望得到了，就不会再失去什么了？”

他问的时候，终于低头看到了我。

我看着他的眼睛，心再次被刺痛了。我太清楚了，这真实的痛感，是从爱里诞生的——此时此刻，我在爱着他。我也曾对哥哥说过爱，也曾笃定地相信着那就是爱。在我与哥哥相处的四年时间里，我们像所有普通的情侣那样拥抱亲吻，也感觉到快乐。但，也只是快乐，没有更多的情绪了。我并不关注他的内心世界，我也无法从他的悲伤中体会到悲伤。我把他给我的宠爱当成了理所当然。而哥哥，也的确是世界上最好的情侣，他无条件地陪伴、包容、宠溺着我。在我尚且浅薄的人生阅历里，我一度以为这就是爱了。

我依然保持着仰视的角度。我无法对他说出什么“请幸福起来、振作起来……”这些话虚妄又肤浅，毫无力量感，说出来，倒像是做作般滑稽。这里有着世间最美的星空和大海，都给他也嫌少。我曾经以为自己拥有很多，此刻却只看到了自己的贫瘠和匮乏，万千之物藏于心中，掏不出来，形同空无一物。

率先失控的，是我的手。我的手不经过大脑同意，伸向了他的脸。触摸他的眼睛、鼻子，触摸他柔软微凉的嘴唇。接着，我的手抚摸起他的胡须，那种触感，像是一只温柔的小刺猬。最后，我的手握住了他的手——我的手心在出汗，像是手心感知到了我的心，替我在哭泣。

—08—

时间已经过了夜里十点。街上放着欢快的墨西哥歌曲。隐约能看到海边的露天咖啡馆里灯火通明，人们像黑色的蚂蚁聚拢在一起。沿着海岸线，灯火蜿蜒着，灯火从山上又落下来。这美得如诗如梦的地方，竟然也能有人生长出来悲伤。

我想追问他更多，关于他破碎的家庭，现在，这几乎是我确定的事情了——他的现状，和父母离婚有关。也就是说，在这悲剧发生之前，他是与现在截然相反的另一个人。那又是怎样的一个人呢？他已经向我袒露很多了，我不能再贪婪地索要了。我提醒自己。

他说他毫无睡意，提议去海滩走走。我自然是求之不得。

月光和路灯照亮了狭窄的街道，酒吧、咖啡厅和一些兜售当地特产和旅游纪念品的小店都开着，灯火通明。房屋大都是两三层的建筑，墙面是白色的，配着蓝色的窗户和屋顶，这是只属于阳光和大海的颜色。街上穿梭着穿着汗衫、短裤和拖鞋的白人男子，还有穿着色彩缤纷的连衣裙的白种女人、少数的黑种人，以及极少的黄种人。各色的脸，各种的表情，像缤纷的花朵从眼底绽放。连街角转悠的猫、狗，都透着气定神闲的样子。

夜晚的温度微凉，海风吹得猛烈。我跟着他来到海边的僻静处，这一片没有灯光，只有月光静默地照着海面，昏暗暗的，闪着零星的碎光。黑黢黢的海面像个深渊。

堤岸之下，就是著名的爱琴海了。

他站在海边的堤岸上，海风很大，他的薄衬衫被吹得鼓了起来，显得身体更加瘦削单薄了。他在阴影里，连脚下的影子也消失了。前面就是象征着伟大爱情的爱琴海。

我感受到他内心隐秘处的痛楚，我也在痛着。因这共同的痛楚，我不由得张开双臂，冲上去，从身后抱紧了他。我穿的真丝裙子丝滑柔软，我柔软的胸紧紧地贴着他的后背。他并没有拒绝我，我明显感到他的身体颤抖了一下。

“都过去了，这里是日光最美的希腊，这里是爱琴海，重新开始吧。”说话时，我侧着脸紧贴着他，我听到了他的心跳声，淹没了此起彼伏的浪潮声。更远处，隐约能看见黑色的孤岛，像了无牵挂的人。我陷入了一种古怪的梦境般的境地里，我在爱琴海遇见了我第一次想要去深爱的人，在我婚期临近的时刻里。在我年轻的生命里，初次体验到一种被神之手精心布局的阴谋。

“我也想要重新开始，做回曾经热情开朗的自己。”他伸出双手握住了我紧抱着他的手。

被他的大手覆盖着的我的手，滚烫着，我一动也不敢动。我承认我脑海里暂时无法想象出那个热情开朗的他，总是会回去的吧。即便还是现在的他，也不会影响我对他分毫的爱意。我的身体紧拥着他，我的灵魂千丝万缕奔跑向他，缠绕着他。

海风越来越大，在耳畔“呼啦呼啦”地响着。他突然松开手，再将我交叠紧抱的手松开。还没等我反应过来，他已经转过了身，搂紧了我——整个人被覆盖包裹住了，像是沉睡进了大峡谷，或者是停靠在了某个港口。此刻，就是他说“我们一起跳进这爱琴海吧”，我也会毫不犹豫地牵着他往下跳。当我的脑海里冒出来这样的想法时，我吓了一跳，像我这样生性胆小又娇弱的人，在他身边竟可以无所畏惧。

就在这爱琴海边的堤岸之上，我们抱了很久很久，紧拥着，像是合拢成了一个人。我真想钻进他的身体里，瞬间感受到他的体温、心跳和气息。我忍不住抬起手，一次，又一次，再一次，抚摸着他面庞的轮廓——我在发热，一股热浪在我的身体深处流淌，子宫在收缩，小腹里好像一瞬间包裹着一团温暖。我和哥哥也拥抱接吻，也会感觉到愉悦，却没有过这种奇异的感知。这具身体好像不是我的了，它正在产生神秘的化学反应，在探索着身为女人的乐事。接着，皮肤也跟着战栗起来，呼吸变得缓慢……在他松开我之后，我才后知后觉地想到“意乱情迷”这个词。

这个词在我脑海中闪过，我的脸涨得通红，我又不敢看他的眼睛了。

他只是长久地拥抱了我，也许，只是出于孤独，他的手甚至没有抚摸过我的皮肤。这点，真是令人沮丧的发现，好似我失去了女人的部分特质，仿佛失去了一种叫作吸引力的介质。何况我今天特意穿了如此具有女人味的连衣裙。

他没有看出来我的心理变化，只是伸手从裤兜里摸出来香烟，点上了，静默地抽起来。

“你要抽一支吗？”他递过来一支烟，问我。

我从来没有抽过烟，但是，鬼使神差地，我的手毫不犹豫地接了过来。他替我点上。我学着他的样子，吸了一口，顿时被呛得咳嗽不止，眼泪都出来了。

“第一次抽吗？”他看出来了，伸出手摸了摸我的头，“不会就别逞能了，女孩子少抽点儿烟，不然老得快。”

“你教教我吧，我以后也抽你抽的烟。”

“别啥都学我呀！”

“把你的烟给我看下，就看一下嘛！”

他摇摇头，又浅笑了一下，无可奈何地摸出来烟壳子。是一种韩国香烟，我记下了烟的名字。几天后，我顺利回到了北京，在烟店里找到了这款香烟。背着我的家人，悄悄地尝试着抽烟，在我锲而不舍地努力下，终于学会了。从此以后，我没有抽过其他牌子的香烟。每当我想念他的时候，就找个僻静无人的地方，独自抽上一支烟。我已经说过，我始终有个小姑娘般的灵魂，但情根深种，种下得太早了，在我人生刚开始的时刻，我就知晓了极致的爱是什么模样。我把这份爱珍藏在了心底，它大过我的生命。我给了这份爱足够隐秘的精神空间，任由它野蛮自由地生长着，日后，竟遍布了我的血管、器官和发肤。我的心中始终揣着一团无人知晓的烈火，燃烧着我，让我绚烂，也让我始终疼痛着。

那天晚上我回到小旅馆时，已经过了夜里十二点。向来早睡的林恩禾竟还在阳台上坐着等我，旁边放着空掉的咖啡杯。我也不知道这姑娘到底喝了多少杯，才以坚强的意志力支撑到了现在。她的大眼睛里布满了血丝，整个人显出一种倦态。而我，不消照镜子，也知晓自己满面红光，身心雀跃。

“这是一件严重的事情，你背着你的哥哥去和别的男人幽会。你看看你穿成啥样子，你穿得像个……我实在说不出来那样的称呼。你自己知道我说的是啥。”阳台昏暗的光线下，她柔和的脸变得坚毅了，像她的语气一样的冰冷。我能理解她的生气。

“我说了，我们只是朋友。”

我在她旁边的椅子上坐下来，我也想要和她谈一谈，不然她会疯掉的。

“你不能有亲密的异性朋友了。这两天你像脱了缰绳的野马，像是完全发疯了。这世上没有人能像哥哥那样对你了，你能有哥哥那样的男人，是一件多么令人羡慕的事情。旅行结束，我面临的是租房子、找工作。同学们大都和我一样。可是你呢，有一场婚礼等着你，你想工作就工作，不想工作，哥哥可以一辈子养着你，他也乐意这么干。你的人生一帆风顺。你是顺畅得发疯了吗？你这样做，不止会伤了爱你的人，也会毁了你自己的！”她一边说，一边小声啜泣起来，像是受到了狂风暴雨般的伤害，“我们是最好的朋友，这两天你几乎不怎么搭理我，我和你说话，你也陷在自己的世界里，有时候我喊你几声，你都没反应。一直以来，我们无话不说，现在，你眼中只有这个人，连我想要认识一下，你都舍不得……是什么人，能让你两天变成这副样子？我都快不认识你了……”

“还有两天，我就回北京了。这两天，让我做一回自己吧！”我绕过去，从背后抱住了颤抖的恩禾，她的确为我承受了太多了。我又说：“我保证，回到北京一切如从前，什么都不会改变。我会按照大家认为幸福的方向去好好生活……”尽管，说这话的时候，连我自己都不太相信。

“你保证！”恩禾抬起头，泪汪汪地注视我。

我郑重地点点头。

这天真的姑娘，就这么信以为真了。她展露出了笑容，笑着笑着，却又开始哭起来。我知道，我都知道，我冷落她了，我已经全然顾不上她了。现在，我巴不得我是一个人出来旅行的。虽然这样想有点儿可耻，但这样的念头在她阻止我的每个时刻，都会带着一种恶意冒出来。显然，与他的情谊，大过了我目前拥有的所有的情感。这真是令人费解的、不可思议的事情。我只能归咎于神的指引——我的身体里破壳而出一种力量，来势汹汹，也好似这力量从来就盘踞在我的身体里，只是这个男人一来就引燃了——这力量改变了我这个小姑娘，不论我多么故作轻松、毫不在意，我已经是个发生了质变的女孩了。

—09—

米克诺斯的清晨，是从盛大而幸福的阳光中开始的。太阳从海平面上升起，照着满街蓝白色的房子。海边堤岸上，成群的鸽子悠闲地漫步着，或飞翔着。有人在喂面包屑，于是一群鸽子围过去。它们从来不怕人，它们如此信任着人类，并将人类视为挚友。远处，深蓝色的大海宁静深邃，海面上泛起的粼粼波光，仿佛漫天坠落的星星的眼睛。偶尔，一只海鸟从蓝丝绒般的天空中飞过。

林恩禾昨晚熬夜太晚，这天早晨仍旧在沉睡中。我早早就起床了，轻手轻脚地洗漱完，换上了初次见到他的那条白色连衣裙。我又扎上了两条辫子，戴上了那顶宽檐的遮阳草帽。我想要他记得我们的开始，而我，几乎能确定，我能至死记得那一天，记得那天的雅典和傍晚盛大夕阳中的大海、沙滩。

途经一家水果蔬菜店时，我想起他的房间里有个小厨房，于是我鬼使神差地拐了进去。我买了些土豆、西蓝花以及牛肉之类的食材，又买了最简单的调料。我唯一会做的就是煮面条和粥，偶尔也煮点儿方便面，除此之外，我没有任何的烹饪经验。我的母亲是个全职家庭主妇，她是个贤惠能干的女人，最大的任务就是照顾我。每日三餐，我都吃着她精心烹饪的营养美食，她几乎不让我进厨房。直到我读大学，有要好的同学在学校附近租了带厨房的小公寓，我们时常过去大家一起做饭，才跟着学会了最简单的饭菜。即便如此，我的厨艺还是可以用糟糕至极来形容，我唯一拿得出手的就是煮面条，大家都说我很会调料汁。

我想着，为他做份煎牛肉，再搭配点儿土豆块和西蓝花。这算是我人生中做的一道大菜了，哥哥从来没有享受过这种待遇。他总是带着我，带着我的一帮好朋友，周转在各个餐馆。大学四年，我们几乎吃遍了学校附近的大小餐馆。他也鲜少下厨，但是天赋异禀，但凡做菜便出手不凡。他一年下厨三五次，次次都会邀请我去他家里，好似是特意为我做的。他的父母——也就是我未来的公公婆婆，更是视我如同女儿。我在这个家里，有单独的一间卧室——我们恋爱已经四年了，除了亲吻和拥抱、牵手，没有任何越过底线的性行为。一来，我还是大学生，年纪尚小；二来，哥哥受到知识分子父母的影响，思想保守，总觉得那是女孩子的初夜，是极其珍重的，要等我再长大一些，等到结婚那一天。而我对性行为，许是还未尝试过禁果，不晓其中奥秘和玄妙，因此并不热衷，我的身体迄今为止，未曾出现过狂热的、情难自禁的欲望。

我拎着两袋子东西，穿过我已经万分熟悉的街道。路过一家小超市时，我又想起他喜欢喝酒，进去买了一瓶价格不贵的红酒。我完全不懂酒，在家的时候，只是长辈喝酒时，偶尔会让我尝一口。我只知道牛肉最好搭配红酒，这就是我全部的认知了。红酒各种产地、品种、品牌，我一概不知。哥哥也爱喝酒，他喝白酒、威士忌、红酒和清酒，好似所有的酒类他都会喝。但他从不允许我喝酒，总说我还是个小孩子，不要沾酒，否则变成酒鬼就不可爱了。但这样说完，他又自己傻笑起来。我询问之下，他才说：“我虽然不许你喝酒，但是一幻想到你喝醉后的样子，是流口水大睡，还是用你那软软的声音胡说八道，就觉得是件很有趣的事情。”我说：“那你就让我喝醉试试，我也想知道。”哥哥却拍拍我的脸说：“你想得倒是美，乖啊。”他总是喜欢对我说“乖啊，听话啊”，好像我还是未成年的少女。

要是和他一起喝醉，也是很棒的人生体验吧？我这样想着时，已经上了台阶，站到了那扇别墅的铁门前。两分钟后，我站在了他的房间里。他似乎刚起床，睡眼惺忪，头发有些凌乱。我发现他没来得及叠被子，那被窝里仿佛还残留着他身体的温度和气味。这最日常的样子却更显得亲切，也更令我怦然心动了。今天的他，穿了一件圆领的白色T恤，跟我裙子的颜色搭得正好合适，像是情侣装。对我来说，这是一个好的征兆和暗示。

“我买了菜，我去厨房给你做早餐了啊。”我指着袋子说。

“看不出来，你还会做饭啊？”

“啊……会做一点点吧。”

“好吧。”他又用那双迷雾般的眼睛望着我了，“你这个小姑娘，让我感到很温暖。”

我心里想着：“要是能一直温暖你该多好，我有无穷无尽的热量，但凡我存在着，这温暖就可以源源不断地提供给你。”但我一看到他的眼睛，就瞬间涨红着脸，什么话也说不出来了。

我几步跑去了厨房里，从柜子里找出来碗盘，清洗干净。盘子是灰白色的日式陶瓷盘子，这让我多了些自信心，就是做得失败了，摆放在这盘子里，也不会显得很砢碜。接着，我开始清洗蔬菜、切菜，倒上油，在平底锅上煎牛肉。我估摸着煎了大约七分熟，之后将它们盛到了盘子里，浇上了我买的现成的酱汁。我特意淋成了一颗心的形状。

做好了早餐，我端到了露台的餐桌上，又回到厨房找出来两个高脚杯摆好，拿出红酒。做完这一切，我回到卧室喊他，他已经叠好了被子，房间里又恢复了井然有序。他的发型也一丝不乱了。我们在厨房里找到了开红酒的开瓶器，他很轻松地打开了。

“一大早就开始喝酒啊！”他调侃道。

“我总不能第一次给你做饭，就煮碗面条吧？想来想去，也就这个菜最简单了。有牛排，怎么能缺了红酒？美好的清晨，从喝酒开始吧！”我举起了酒杯。

“是的，新的开始。”他说。他终于又笑了，那笑容对我像是一种嘉奖。

清晨的日光洒下来，海风吹过来，白云升起来，露台上的鲜花也绽放了。他说，这是他吃过最好吃的牛排。我也尝了，味道很普通，比不上西餐厅里的。是因为吃到了我饱满的爱吗？我愿意这么认为。

那个清晨，我眺望着远处的爱琴海，喝完了一整杯酒，这是我人生中第一次喝这么多酒。但就在不久之后的婚后，我也开启了饮酒之路。我喝红酒，也喝冰酒和清酒，但永远学不会喝威士忌。我通常在下午喝酒。我们的婚房，也就是新购置的新家里，总是有着频繁来往的宾客——这些人跟我并没有多大关系，他们都是哥哥的朋友或者合作伙伴。我们有个很大的会客厅，酒窖里则常年囤满了各种酒。我每次去取酒，都像是在逛小超市。然后，我和这些人——这些跟我关系疏离又似乎紧密相连的人们，我们放着美妙的音乐，取上酒杯，醒好酒，各自倒上，举杯碰盏间谈笑风生。如果是夜晚，则点上两支大号的水晶烛台。蜡烛有蓝色的、粉色的、黄色的等，我还布置了一棵挂满小彩灯的装饰树。我们的家里看起来温馨又美好，常年充盈着美酒、音乐、笑声、歌声……我刚从大学毕业，哥哥就从我父母手中接过了接力棒，将我安放进了另一个更加安全舒适的堡垒里。是的，我大学才刚毕业，就过上了这种衣食无忧、养尊处优的生活，并且，只要我愿意，这样的生活可以持续到我老去。我认识的所有人，都在认真地告诉我，你是个有福气的、幸运的姑娘。所有人都告诉我，我是个幸福的人。

—10—

我醉眼迷离地看着他，他整个人在我眼底发着光，远处初升的太阳也没有他明亮。剩下的酒，他都喝了，他酒量很好，看起来精神不错，只是那白皙的脸上也泛起了淡淡的红晕。他看着我——我无法形容那双眼睛带给我的心动，那眼睛似林间溪流，仿佛能“汩汩”地流淌出澄澈的溪水。当它偶尔展露出深邃的眼神时，又似宁静的湖泊，倒映着让人难以捉摸的、失真的月影。但如此美妙的眼睛，却又是令人产生距离感的，只因它总是被一层淡淡的忧伤的薄雾隔开着。

“谢谢你的早餐，我感到很温暖。”他近乎是一而再、再而三地提到了“温暖”二字。

现在，在他提到“温暖”两字的时候，我也明白了我的处境——我仅仅是一个刚认识还比较投缘的朋友。这是他给我划分的边界，我的所作所为必须得符合朋友这个身份。假如是特别的人，做早餐这样的事情，只是稀松平常的，并不值得道谢。

他的客气，让我感觉到了一种距离感。

我已经醉得一塌糊涂了，他的样子像梦境里生出来的幻觉。我突然想要戳破它，我讨厌这样的边界感、距离感——你看，在他面前，我突然有了小女人的患得患失、矫情和敏感，我身体里布满了灰色的物质，像是突然长满了青苔——但你再看，海平面上的太阳已经升得很高了，升到了蓝天的正中。地中海磅礴盛大的日光，照不亮我了。

阳光此刻已经照了下来，照在他身上、手上、脸上，白皙里透着肉粉色，像是樱花季到了，落了满身的樱花，俊秀中闪着一丝丝破碎感。

“你皮肤真好，这么白皙呢！”这绝对是我的赞美。

“我不喜欢我的皮肤。从小到大，我都厌恶我的肤色，我总是想要变得黑一些，看起来更像个男子汉。于是，我总是喜欢去晒太阳，有时晒到脱皮也毫不在意。但是，过不了多久，皮肤就又神奇地恢复了现在的肤色。”他无奈地瞥了一眼自己的皮肤，又说道，“我从来不涂抹防晒霜，但是也黑不了，只能接受了。”

我便不说话了。我倒是极其喜欢这样的肤色，好似这和他的洁癖是天作之合。这话，我自然是不会讲出来的。

海风吹着露台边上盛开的爬藤植物，那是一大簇开得轰轰烈烈的玫红色植物，我也叫不出来名字，只知道这些小花朵在风中摇摆时，每一朵都风情万种。

我把碗盘、刀叉收进厨房，反复地清洗干净——自从知道他有洁癖之后，我就格外注意干净。就是洗盘子这种小事情，也得洗到一尘不染。

这要是在我家里，做这样的事情，能被父母夸赞很久吧？我在家里很少做家务，偶尔拿下拖布扫帚，我父母都会惊讶万分，用夸张的语气说："啊，看我们女儿多勤快呀！"我如此平凡，从未做过什么像样的事情，但每天，我都会得到赞美，就算我什么都不做，只是在沙发上躺着，我父母也会由衷地说："看着我们女儿，就觉得充满了力量和幸福感。"——从小我就知道，我只要存在着，对身边所有爱我的人来说，就是一种力量。来自家庭笃定的爱，使得我从没有出现过不安和焦虑，我总是有着强烈的安全感。

我出来时，他正站在露台的栅栏边上抽烟。我走过去，请他给我一支，但被他拒绝了。

"我带你出去逛逛吧，不然你这趟旅行算是白费了，都耗费在我这小屋里了。"他说。

在我允许之后，他回去了一趟卧室，再出来时，肩膀上挂了台相机。他说是徕卡的，拍出来的照片有质感，有情怀。

出发前，我主动伸过手去，他犹豫了片刻，许是不想令我难过，还是牵住了我的手。于是，我们迎着地中海十来点钟的太阳，就这么手牵手下了台阶，走到了街上，走到了那些蓝白色的低矮房子之间。我们穿梭在人群之中。我喜欢跟在他身边，哪怕是做他的影子。

他带我去看了著名的五个风车。在其中一个风车下，他让我站过去，然后拍了照片。我并不想看他把我拍成了什么样子，我对自己的模样毫不关心。反而是过了三十几岁，我初次意识到衰老的降临——我印象中最完整的身体的模样，还停留在希腊。那是被我漠视的最好的年龄。我脑海中还是二十出头的身体，但我的眼中，却是个三十多岁的少妇的身体了。大脑里的记忆，对现实的变化失去了辨识的能力，生搬硬套也回不去了。年华消逝，岁月无声中掠夺了太多东西，一切都在悄无声息中改变了——身体像轰然绽放之后，被太阳剧烈晒伤的模样，黯然，布满了痕迹。我是在有天洗完澡，脱光了自己的衣服，对着镜中的自己时，突然发现的。这太令我吃惊了，我这才意识到，不论我被多少人宠爱着，不论这些人如何把我当成个小姑娘对待——世人眼中的我，都是以一个少妇的形象存在着的。哥哥也是在过了四十岁之后，开始了每日不间断的健身。他跑步、跳绳，也在家里购置了健身器材，他的身体常年保持着健康的体态，到了中年，也不曾出现发福油腻的状况。他的身体像他的人、他的爱、他的性格一样稳定持久。“我得锻炼好身体，这世上除了我，没人会再把你当小姑娘了吧？”他不止一次说起这样的话，而后又宽慰我说，“人总是会老的，等你老了，我们找个气候好、风景又好的小城市，互相陪着变老，也是件很幸福的事情吧？没关系的，你老成什么样子，都是我的小姑娘。”他总是这样宽厚仁慈，有着一颗珍贵的心。遇见他是我的幸运，但他遇见我，就不见得是幸运之事了。

现在，又回到那座梦幻般的日光小镇。我们又去了堤岸，遇到一对拍写真的情侣。那是一个穿着热带花衬衫和短裤、打扮得清凉的白种男人和一个身材凹凸有致的黑种女人。女人穿着蓝色长裙，旁边有人牵着裙摆，两人旁若无人地亲吻着。摄像师对准了他俩，旁边一些游客也在抓拍。这对情侣尽情地展示着爱和美，像是很享受被大家围着拍照。

他没有跟着去拍。他喜欢拍一些寻常之物，譬如咖啡杯、街头的流浪猫、广场里的鸽子、城墙上斑驳的痕迹、围墙上绽放的花朵等。偶尔，也拍下我，笑着的、奔跑着的、在街角蹲着的、被鲜花簇拥着的。我但愿他拍出来了我的雀斑，当然，我相信他的徕卡是能做到的。

中午，他请我在海边的餐厅里吃了希腊餐。我们点了咖啡和海鲜烩饭。他食量不大，仿佛面前看起来十分美味的食物，并不能引起他的兴趣。自然，他的吃相也是体面而斯文的。

我们沿着小镇牵手漫步，不觉就走到了一条环绕着小镇的公路上。路边停着一排摩托车。他突然说："我带你骑摩托车吧。"在家里，父母是从来不允许我坐摩托车的，他们认为这是不安全的行为，因此，在我的意识里，摩托车是和危险相关联的。但我一点儿也说不出来别的话，我甚至是万分欣喜地同意了。

于是，他租了一辆摩托车，戴上了一个黑色的头盔，也给我戴了一个。我坐到了后座上，他示意我抱住他的腰，我照做了，这真让我万分激动。靠在他结实的背上时，我那少女幽微的心境浮现了出来，加速的心跳使我不得不大口呼吸。车开动了，风在耳边呼啸着。我们渐渐开到了海边，顺着海岸线飞驰。这是我第一次坐摩托车，像长了翅膀，飞起来了一样的自由。我觉得他好像在带着我飞翔，一些车辆从我们身边经过。他显然是骑车的老手，技术非常好，我坐在他的摩托车上，有一种莫名的冲动。他身上仿佛有磁石，对我有着强大的吸引力。那是一种吞噬人心的、原始又蛮荒的神秘力量，我也说不清楚那是什么。很多年后，我才知晓，那才是我人生中真正的初恋。是的，他是我真正第一个可以称为爱上的男人。

还是在堤岸上。

退还了摩托车，我们顺着公路又走到了堤岸。旁边的欧式建筑里，一溜的餐厅和饭店，外面搭着帐篷，摆放着餐桌、椅子。每张桌上都摆放着鲜花和烛台。我走在他的身后，一步之遥。堤岸之下，是正午日光下湛蓝的爱琴海。他在我脑海中的形象也停留在了希腊，停留在了米克诺斯小镇。他的形象始终与这座小镇联系着，唯美、梦幻、纯粹而洁白。时而若隐若现，时而饱满清晰。一天之后，我和他告别，他并未从此消失，而是从现实世界走入了我虚构的精神里。我仍然会牵着他的手，我仍然记得他手心的温度，有时我们在喧哗的城市里，有时又去了乡村和平原，有时乘着

“哐当”作响的火车穿过了隧道，有时，又好像在某个森林里，在环绕的巨大树木之间，仰望着头顶苍穹的星光。他笑，他热情，他忧伤，他绚烂，他灰暗……我给他镶镀上了世上最缤纷的颜色，像他画笔里的那个艺术世界。他停留在了最年轻的时候，成了我心中永远的少年，永远的白月光。

—11—

地中海的傍晚是永恒的金色。这里甚少下雨，一年四季阳光仿佛永不缺席。在别的地方，我也看过无数次夕阳，别的地方的夕阳不论多美妙，总让人想起易逝这样悲伤的词语。而希腊的夕阳，仿佛蕴藏着磅礴的力量，和这里静悄悄流淌着的蓝色爱琴海，和这里纯净的蓝天碧云，和这些常年盛开的花朵，仿佛是要一起无边无际的。

我对自己身体的认知和印象，都储藏在了爱琴海边半山腰的这座别墅里。这是一栋年代久远的建筑，做了翻新，但别墅的大门口还是悬挂着一个金色的小牌子，刻着初建的纪念日期。别墅周围种满了各种常青的树木，一些树木和爬藤开着花，这些花开得像热烈风情的女人。就在那间偌大的卧室里，此刻，夕阳的光正从木格子窗户里照进来。照在洁白的床单上，照在床边上缤纷的羊毛地毯上，书桌上的鲜花放了几日，暗淡了、褪色了，又被光芒赋予了新鲜的色泽。角落的衣架上，挂着他换下来的衣服，是那件我见他穿过的衬衫。他曾经穿着这件衬衣，与我在爱琴海边相拥。我在那个拥抱里，初次感受到了一种也许可以称之为“情欲”的东西。但愿那衣服还没有洗，这样那衣服上就保存着他的体温和气味。傍晚金色的阳光流转在房间的每个角落里，静谧得如同时光停止了。是停止了，我的灵魂从此就住在这个房间里，这里，即将保存住我生命中最璀璨的美好。值得庆幸的是，那个年幼无知的我，在当下竟能产生准确又清晰的认知，即从这个时刻起，直到我生命终结，不论我活多少年，无论我是年轻还是将来衰老，这是我这个生命存在于这浑浊浩瀚的宇宙中，最热烈的碰撞，是我唯一一次，身体灵魂和热爱的交汇融合。这绝不是片刻，与他的每个瞬间，都将保存在我的皮肤、眼睛、嘴唇、大脑……我知晓，从这交融的一刻起，我会将全部记得。永远记得。

我们从外边回来了。推开卧室的门，看见的就是这样一幅傍晚的场景。

他又打开了他那个深色的旅行箱，从中翻找起干净的衣服。他半蹲着，能清晰地看到腿部的肌肉线条，以及臀部年轻又紧实的轮廓。他的背直挺着，肩膀宽阔而有力。我看着他的后脑勺，他的耳朵的轮廓泛着肉粉色，覆盖着一层细小的绒毛，像婴儿的胎毛。那细软的毛发被光照成了金色。

他已经将衣服取出来，匆匆去了洗浴间。那箱子还打开着，我看到他的汗衫、背心、短裤之类的衣物。在外边逛了大半日，我周身汗涔涔的，像是黏着一层油脂。我情不自禁地挑了一件他的T恤，在身上比画了下。太大了，对我来说，像是一条宽松的连衣裙。等他洗完澡出来时，我就拿着这件T恤进了浴室里，打开了花洒。我身上燃烧着一团烈火，水温被我调低了几次，我还是觉得烫，我几乎是用冷水冲洗的。但洗完澡出来，那团奇怪的火焰又开始在我身体里燃烧起来。

回到那间卧室里，他的头发湿漉漉地贴着头皮，我的长发也一缕缕粘在我的背上、肩膀上。屋里只有静谧绝美的阳光，海风吹来大海的味道，没有其他的声音，没有别的声音来影响我们。偶尔，能窜进来远处街上隐约的音乐，这音量像是靡靡之音，刚好使人晕晕欲醉。我听到自己的呼吸声，像是被吹得鼓起的风帆，那一团持续的烈火使我膨胀了起来，何况，我还穿着他的T恤。那件衣服是柔软的棉布材质，仿佛他的皮肤贴合着我。现在，我在一个只属于他的气息的真空里。是的，只有我们，没有别人了。这一切都刚好合适，这一切都令我这个小姑娘变得肆无忌惮。

我绕过那张大床，是故意的，为了能从身后抱紧他。我也的确这么干了，不可想象，我这个平日里斯文内敛的小姑娘，怎么会做出这样的事情来。我抱住他，开始亲吻他的耳朵、耳垂。他的身体又颤抖了一下，像一粒深埋在泥土里经年的种子，终于开始了破土而出。他开始回应我。他的身体像是醒来了、复苏了。他用他的手抚摸过我裸露的腿，每一次触碰，我都在战栗，我的体内流淌着“汩汩”的溪流，一辆火车开过了原野，广岛的原子弹轰然炸响了。深海里的水母开开合合，没有了思维，每个毛孔都在裂变，每一寸肌肤都在毁灭又新生。他转过来，双臂拥住了我——我已经在他怀里了。这是一场沦陷，朝着深渊、朝着不存在的天国、朝着一朵打开的花朵，往深处坠落。嘴唇咬着嘴唇，心脏贴着心脏。

我脱掉了所有的衣服，我也脱光了他的衣服。他的身体颀长瘦削，白皙的皮肤温热又光滑，我的手黏在他的皮肤上，黏在他的体毛上。他周身上下，任何一处，都能引起山崩地裂和海啸。触碰到哪里，那团火焰就燃烧到哪里。烧不尽的火焰，燎原之势的火焰。而后，这一切汇拢成了合拢时刻的剧痛。像晴朗天空里劈下来的一道闪电，在我打开的双腿之间炸响——痛，一种奇怪的、夹杂着温柔和爱的复杂的痛感。我咬紧了牙齿，不让自己发出任何突兀的声音。我也没有阻止他的身体，他继续着，痛让我更深刻地看清了我的心——这个黄昏的时刻里，我如此疼痛地快乐着，如痴如醉地爱着他。过了一会儿，这痛感逐渐平缓。一种无法言说的甜蜜狂喜和愉悦从身体深处升腾起来，和这渐渐暗下来的夕阳光线，一起笼罩着我。

我的身体在光里，在他的身体之下。他的身体多么美，仿佛是神之手雕刻出来的艺术品。他就是一件艺术品，这世间伟大而唯一的艺术杰作。

这个场景一直存在着，几乎在之后的每一天，我都会拿出来反复回味，每次回味都令我心驰荡漾，每次想到这个场景，我都对他充满了感激。我从未对他说起过什么，甚至，我从未对他说过，那是我的初夜。当洁白的床单上，出现一团耀眼鲜艳的血渍时，他十分吃惊。

“这是你的第一次？”我看着他的表情，突然感到惶恐——我不能让他产生任何的心理负担，像初夜、贞洁这样代表着珍贵的东西，对一个年轻男人来说，也许代表了一种责任。把一个女孩最纯洁的东西给予他，或者说，他接受并配合了这种给予，这对我来说，是甘愿和圆满的。

我支吾着说：“也许是例假还没完……”这谎话说得底气不足，我的脸烧起来，更不敢看他了。他温柔地替我清理干净身体，换下了床单，抱去浴室把那一团血渍也清洗干净了。

这时，我后知后觉地想起了哥哥，他曾经无数次抚摸我的身体，无数次幻象过要如何与我度过初夜。从我临近大学毕业起，他就耐心极好地给我做心理建设，告诉我，不会弄疼我，他会准备红酒、烛光和花瓣，会在一个浪漫的房间，一张舒适的大床上，特别温柔地对待我。——我已经交出我的初夜了，除了仅剩的一点儿内疚，我感觉不到一丝后悔。这做法对一心一意对我好的哥哥来说，实在是残忍，而我这个小姑娘，能体会到的却是欢愉和狂喜，我甚至体悟出——我触碰到了某种或许可以称为永恒的物质。

再接着说那个让我难以忘怀的场景——黄昏的光线已

经很暗了，远处的音乐声里偶尔响起几声游轮的汽笛声。窗外的树影已经模糊了，几只鸟停靠在枝头上，发出清脆的鸣叫。爱琴海就在山脚下，好似这栋别墅正漂在海之上。光线摇曳着，影子摇曳着。

我就在他身体之下，平躺着，他的脸紧挨着我的脸，温热的呼吸打在我的皮肤上，偶尔发出拉长的呻吟，很轻，扫过我的耳膜。我的身体随着他的节奏摇晃着，我保持着仰视他的姿态。我在他面前这么小，不只是我的躯体，是因为臣服。是的，我向他臣服，我想要低低地蜷缩在他身边。神指引我来到了爱琴海，神又让我的贞洁埋葬进了爱琴海。没有比这更浪漫而纯粹的事情了。

我又亲吻了他。我喜欢他的眼睛、胡子，哦，我喜欢他的可太多了。

“我的国王……”

我意乱情迷地喊出来，几乎未做任何思考，仿佛这句话是出于我的本能。

“国王。”他停下来，似乎是在跟我确认。

“是的，我世界里的国王，就是你。”我又说。

他俯视着凝视我，他的眼睛像是要把我整个人吸进去，我觉得我又缩小了一圈。

“我喜欢这个称呼。”过了几秒，他又说道，认领了这个爱称。

但我想表达的并不仅仅是一个称呼，这是所有最真挚的爱的汇总。在我这里，当我发出这样的声音——这已然远远超过了“我爱你”，但悲伤的是，即便是“我爱你”，我也说不出口。他曾经的感情是一个被圈起来的禁区，外边是穿不透的夜晚和凛冽的冰川，我是跨不过去的。我拿起他的右手，放在我的乳房上，让他的手去触碰我的心。他是完全按照我心里的模样长出来的人，我要确认下，再确认下。

我们在这爱琴海上做爱，水乳交融，也似乎是难舍难分。时而温柔如清风吹过冬夜的落雪，时而激烈如策马扬鞭奔腾过沙漠，时而，像是旧礼堂里放映的一场无声的、慢镜头的电影。我们的身体在放大与扩展，持久地，无休无止地。

黄昏终于过去了。夜晚降临了，星星和月亮升起来，月光照着宁静的小镇，照着远处的海面。

他穿上了衣服，去露台上抽烟，点燃一支，吸了一口，又递给了我。我进步了许多，勉强能抽两口。

“那还是我小时候的事情了。我的家庭曾经很快乐，父母恩爱，我还有个比我大很多岁的哥哥，我们兄弟俩感情素来很好，一直以来，都睡在一个房间里。我以为幸福会这样一直下去。突然有一天，毫无征兆的，父母告诉我们，他们离婚了。父亲带走了哥哥，我跟着母亲。他们什么都决定好了……一个那么美好的家庭，就这么凭空消失了。但我对这个家的爱还在，我总是想念我的家庭。父亲结婚时，没有邀请我和母亲，只是以后很少来看望我了。我也想念哥哥，但是他也只是个孩子，对大人的决定无能为力。我们兄弟俩就这么被分开了。这是我的痛楚。幸福像是突然之间烟消云散，跟着母亲生活的我，十分辛苦……也时常被同学欺凌。因为我的皮肤太白，他们当我是异类。我在黑暗中徘徊摸索了太久，我想要来父亲所说的日光之城，寻找到光明，寻找回过去的自己。”他悠悠地吐出来烟雾，语气里有种淡泊的悲伤。

夜幕下，他抖擞出了那一块浓重的内核。我什么也没有说。

他接着又说道：“我画了我童年的背影，这画又把你给吸引来了。我愿意把你当成上天派来解救我的天使。我是该走出去了，今晚过后，我想，我能焕然一新了。”那时的我，听到这样的话，还模棱两可，充满了质疑。我并不确定他是否能如他所言，落落大方地穿过隧道，寻找到像地中海日光般的明亮。我在告别后，与他失联了很长一段时间。再次有了他的消息时，我已经无法接近他。隔着地域和时间，隔着永不交汇的两个并行世界，我始终追逐着、仰望着、注视着他。他也的确如他所言，成了全新的、耀眼而光明的自己。

那晚我没有回旅馆，在他的卧室里留宿了。他在浴缸里放满了水，浴缸很大，足够装下我们两个人。浴缸里赤裸的我们，像是两条自由的鱼类。我的身体在水中，在他怀中，我的背贴着他的胸口，皮肤紧贴着皮肤。你看，我和他已经是这样亲密无间的人了，我们的肉体合拢得就像是一个人，可是，我们之于彼此，连一句像样的情话都没有说起过。

他总是能勾起我的欲望。

抱了会儿，我转过身，猫一样拱起身体凑近他，亲吻起他的头发、脸颊、胸口、手指……在这之前毫无性经验的我，仿佛无师自通，一瞬间成了一个充满了爱欲的女人。

“你的例假又没有了。”他像是有了新发现，有种高兴的语气。我沉默着，算是默认了他的说法。只有天知道，我像圣洁的修女把灵魂奉献给了教堂那般，把我的精神世界和年轻初熟的身体奉献给了我的国王。是的，从此，他将是我永远的国王。这是无比笃定的归属感，我飘浮的根茎在静悄悄中扎进了泥土，势必开始了长达一生的漫长生长。

接着，又开始了做爱。

在小窗口透进来的月色和浴室昏黄的灯光下，他一次次进入我身体的最深处，将我打开，引领着我来到了一个也许可以称为极乐的世界里。我爱他，不仅是身体，更多是来自灵魂。他是个侵略者、一个掠夺者，甚至是一个有着魔法的巫师。我悲哀地意识到，我能留给哥哥的，已经越来越少了。

-12-

这是我在希腊旅行的最后一日。

我是从他的床上，他的气息，他的房间里醒来的。这是让我感觉到失真的一晚，辗转反侧，只浅浅地睡了一小会儿。整个长夜里，我无数次睁开眼睛，凝视着月光下他熟睡的样子，伸出手，无数次轻轻地触摸他，无数次哽咽到失声。这是我们的第一晚，但我已经预感到这也是我们的最后一晚。我已经答应过恩禾，回去北京，就回到我正常的生活轨道，回到哥哥的身边。可以预见的是，我会有一场体面的婚礼，定制的婚纱、婚戒，蛋糕、鲜花和美酒。我们的婚房也已经快装修好了。购买下那套房子时，我还是未毕业的大学生。哥哥开车来学校接我，说要带我转一转。他带我去了一个别墅小区，被销售带进去才告知我，挑选一套。转到一套围墙外种满桂花树的房前，当时正是开花的季节，地上铺了一层细碎的落花，我说了一句“这花开得真漂亮”，就因为这一句话，哥哥买下了这套独栋别墅。之后的装修，也都是哥哥在负责，除了确认了下效果图，我什么也不曾管过。我也曾好奇地问过哥哥，为什么条件那么好，却偏偏对我情有独钟。哥哥说，因为我天真纯真。说完隔了好久，又慎重地补充了一句：“因为你干净，是我见过的最干净的女孩子。”

在床上，我蜷缩着身体拥着他时，脑海里蓦地想起了和哥哥的这段对话。依照我对恩禾的了解，她一定不会讲希腊旅行这些天发生的事情，不会主动告诉哥哥。我也是打算缄默如瓶的。等天亮了，太阳升起来，再过几个小时，我就得回到旅馆，收拾行李并且退房。接着，我将乘车去码头，坐游轮到雅典，次日再到机场，乘坐上飞往北京的航班。回到我熟悉的那个世界里。那个世界里，没有他，没有我的国王。

我再次搂紧了他，看着窗外渐明的天色，我充满了欲哭的不舍。他仍然在深睡，像个婴孩，对此毫无所察。我的手指也是不舍的，反反复复触摸他。每触摸一次，心脏就一阵刺痛，仿佛“汩汩”地流着血。我的泪水无法抑制地涌出来，在我稚嫩的生命里，初次体验到了撕裂般的剧痛。如果我是一颗种子，就长进去，长进他的身体里。

在天色完全亮透之前，我爬起来，从他的床头柜上找到香烟。我踱步去露台上抽烟。因为还没完全学会，抽几口，便发出剧烈咳嗽。我就这样边咳嗽着，边抽完了一支烟。拂晓的橘红色的光芒照着远处的爱琴海，隐约可见沿着堤岸的低矮建筑。

我环顾四周，视线再次停留在爱琴海海面上。再过一会儿，恩禾也该醒来了，或许我现在立即回旅馆，躺进被窝里假装睡觉，我彻夜不归宿的秘密才能被永远埋葬起来。反正是要分离了，悄悄离开，连告别都不要留下，这才是正确的选择。我有了这个打算，想着回去换上衣服，趁他熟睡便离开。目前，我对他知之甚少。他聊天时说起过，他来自北京，毕业于中央美术学院，是职业艺术家。他还告诉了我，他的名字。但是，在我知晓他名字之前，他已经先成了我心中的国王先生。以下，关于这个名字便只字不提了，便是存在于我心中之物了，我自然不会忘记他的名字，自然也是不能再写出来的。

我重新回到了那间卧室，那间将来困住了我一生的房间里。我回去时，我的国王先生还在床上，在他的睡梦里。我生怕自己改变主意，迅速地换上了我的裙子，戴上了那顶遮阳帽子。我来的时候扎了两条辫子，回去时，我的头发披散着，多出来一种叫作“女人味”的东西。我站在房间里，视线黏在他身上，脚也像是生根了。我再次走到床边，蹲下来凝视他。天色已经很亮了，清晨的日光照着他白皙的皮肤，像是笼罩在一层薄冰之下。他没有睁开他那双可以杀人放火的眼睛，我可以毫无顾忌地看他。只是看他，大脑在迅速做着记录。大脑很清楚地知晓，这个场景是要永久完整保存的。这个场景，这个年轻的男人，是要在我的生命里天长地久的。

我又开始无法抑制地哭泣。只是哭泣，没有任何声音，泪水无数次模糊我的眼睛。

他翻了个身，又睡着了。那时的他，年轻又英俊，才华横溢，像乍然盛开的绚烂之花。我循着他的画，来到了他的身边，被他放了进去。我见过了他的灵魂，打开了他的身体，抵达过他的深处——迷雾，大雾清晨乳白色的迷雾。在这隐晦的、安全的、永不被发现的雾气里，藏满了我的爱，我无法言说的，从年轻持续到衰老，到一切戛然而止，也不停息地燃烧着的爱意。

我的身体在眼泪中颤抖、战栗，痛感一次次撕裂碾压过我。我泪流满面地凑近他，吮吸他的气息。过了会儿，我无比艰难地站起来，拖着发麻的双腿走出了房间。房间外面，阳光盛大而磅礴，一团团的金色拥抱着我，我却感觉正在迈向冰窖。我将失去我的国王先生，或许，我从未曾拥有过他。希腊像一座海市蜃楼，一切都发生于幻觉，只是虚构的、不存在的幻象。可是，我因他如此热爱着希腊，这是我的梦中之城，我的瑰丽的宝藏之城。

推开了别墅厚重的大门，我正要迈出脚步，却又听到了他的声音，是从高处的露台栏杆上传来的。我抬头就看见了他正探出来半个身子，清晨的微风吹过他那张年轻的脸，如此生动、真实而耀眼。这绝不是一个假象。

我眼巴巴地望着他。他示意我等等他，很快，他就从楼上下来了。一眨眼的工夫，就站到了我的面前。你看，我又成了他的小草，在我的国王面前，我永远是渺小的。

“你要回去了。”这语气，是肯定句。这是不用再确认的事实。

我点点头，我的眼里还有残留的泪痕。我不想让他知晓，在昨夜他入梦的时刻，在整个漫长朦胧的、浑浊不清的深夜里，我是如何痛彻心扉地哭泣过。

“我想告诉你，也许，我来希腊并不是为了祭奠或是纪念，而是——”他停顿了半晌，又用深沉温软的声音说道，“我想说，我来这里，就是为了遇见你。”

那一瞬间，我终于得到了确定——他的心里也发生了什么，他的心并不是空无一物的。我面对的，不再是一座空山。我仿佛途经了千山万水，停靠在了岸边，在一个温暖宁静的码头上。冬夜的篝火溅落着火花，大雪纷纷扬扬覆盖住了万物，又在清晨悄无声息地融化了。融化了，我也融化了，没有了边界，没有了形状，我只是一摊柔软的水。这水又从我的眼睛里流出来，我告诉自己不能哭。但由不得我了，失控了，我哭到说不出来一个字。

“我快结婚了……”

良久，我挤出来几个字。我无法欺骗隐瞒他，我知道这几个字，将把我推出去，我再也不能存在于他的世界里。他将收回颁发给我的通行证。但我心底还是藏着近乎奢侈的愿望，倘若他明确地说出来——我不需要一个明确的未来，或者任何的保障，他只要表达出来“跟我走吧”，即便是几天，一个月，我也会奋不顾身丢弃我现有的一切。我多么渴望在最灿烂的年华里，在他的生命里绽放。

“我们都要幸福啊！”他笑了笑，又伸手抚摸了下我的额头，没有别的话了。他的嘴唇紧闭着，像一扇突然之间关闭的门。他不想给我留下更多的讯息了。

我失望极了，哭着挤出来一个笑容。我想请求他再给我一个拥抱，但已经痛到说不出口了，除了眼巴巴凝视着他，千万遍地去记住他每个瞬间的样子，我什么也无法做了。

他朝我挥了挥手，我朝他点头问候，转身跨出了大门，以最快的速度奔跑下了台阶，跑到街道上，又一口气跑到了堤岸上。我不能回头，没有回去的路了。而后，我站在爱琴海边，放声大哭，在心里千万遍默念着他的名字。此刻，他不再是我的国王，只是我深爱着的男人。

回到旅馆，恩禾果然如我所料在睡觉。我钻进被窝里，把自己裹起来，藏起来。我的心碎了满地，满地都是我心的碎片，我只有两只手，捡不完的支离破碎。眼泪一刻也不能停止，心痛连接着心痛，一想到再也无法触摸到他、看不见他，我就无法呼吸。

浑浑噩噩中，我迷迷糊糊地又睡着了。我是被恩禾叫醒的，她已经收拾好了我俩的行李。她没有问我昨晚几点回来，大概是认为我能回来就已经是谢天谢地了。我头痛欲裂，模糊不清，像是正生着一场重病。恩禾给我冲了杯热咖啡，端来床边，温柔地抚摸着我的头发。

“回去就好了，哥哥在等着你。”她说。

我点点头，把头靠在她肩膀上，任由她拍打着我的后背。她眼中的心疼溢于言表，恩禾虽然在生活中粗枝大叶，但也不乏细腻的一面。她一定是看出来了什么，但我不想跟她确认。我的国王先生，是我一个人的秘密，舍不得与任何人分享。

中午之前，如同我预期的，我们退了房，坐上了出租车，又坐游轮抵达了雅典。小住了一晚上，第二天一早，我们坐上了飞往北京的飞机。

飞机起飞了，我从窗户俯瞰着视线中越来越小的雅典。雅典的沙滩是我们的初见，那个光脚踩在沙滩上、穿着白色T恤的年轻男人，那个画油画的男人，那个在我的精神世界里来去自如、有着一双摄人心魂的眼睛的男人……我看着低低矮矮的房子、纵横交叉的街道、硕大的云朵、天空，飞机的轰鸣，人心的躁动……万物都长成了他的样子，所有的声音都指向了他。他无处不在。

他永远在我的心里。

第二章

—01—

北京——这是属于他的城市。这座纵横交错的、偌大的城市，密密麻麻地罗列着高楼大厦、老旧的四合院、低矮的公棚房，像堆砌的积木，拼凑出一个光怪陆离又极端现实的世界。我只知晓他在北京，北京这么大，大到我走进任何一条街巷，都像钻进了迷宫。我不知晓他在哪里，可能在任何一条街里，任何一栋楼里。我漫步在北京的街头巷尾时，时常盯着路人，我总是幻想着他从哪个街角走出来，或是坐在哪间咖啡厅里喝咖啡。我也观察过往的车辆，好似他就在哪一辆车里坐着。我找不到他了，可悲的是，我却又生活在他的城里。这座城市仿佛已经没有了名字，但凡我想到北京，率先想到的是他的名字。这是一个庞然大物，繁荣昌盛，五光十色，却又逼仄肮脏，像是一条宽阔平静的河流，藏着涌荡的激流。

毕业后的生活平淡又安逸，每天都似在放假。林恩禾顺利通过面试，在一家时尚杂志找到了文字编辑的工作。大学里的其他同学一部分回了老家，一部分留在了北京。留在北京的那部分同学也陆续开始了工作，有做幼师的，有做广告公司策划的，也有进外资大公司的。我们从此各奔东西，像流经分叉口的水，奔向属于自己的方向。

我的婚礼紧锣密鼓地筹备着。繁杂琐事都是家人在处理，我只知晓我快结婚了，但生活又似乎并未发生什么改变。我穿梭在各个美术馆，驻足停留在每一幅画前，细致地寻找画下边细小的签名，寻找画作旁边的画者注释。我渴望在某一幅画上，找到那个我心底的名字。然而，我这大海捞针般地搜寻，并未有任何结果。也许，那时的他太年轻了，或许还只是个名不见经传的小艺术家，我不知晓，他的画是否会挂在这些艺术馆里。

虽然我不能确定他的画会挂在哪里，出现在哪里，但美术馆和画廊，在我的认知里，也是唯一能与他产生关联的地方了。但凡我想念他的时候，就去这些地方溜达。我频繁地想念他，于是去的次数也越发频繁。

哥哥说，你越来越痴迷艺术了。又说，提高艺术修养，对女孩子来说是件好事情。我只好说，是的，我无与伦比地热爱着艺术。

有时，哥哥也陪着我去逛艺术馆。但是他对此并不热衷，闲逛几下，就出去门口抽烟等着我了。哥哥也有一张好看的脸。饱满的颧骨，搭配着微微凸出的眉弓骨，显得眉骨下的眼睛格外深邃有神。他是个商人，经营着一家收益可观的影视公司，所以，常年都穿得周正。除了跑步健身，他几乎很少穿运动休闲装，夏天是烫熨得平整的衬衫西裤，秋冬则是西装或风衣之类的衣服。这让他看起来有种一本正经的严肃。但凡见过哥哥的我的朋友，都告诉我，哥哥充满了男人味，是个有魅力的男人。“你需要把他抓紧一些，喜欢他的女人应该不少吧？”朋友们善意地提醒我。我知道，这些我都是知道的，哥哥身边总是有形形色色的女人，年轻貌美的、气质优雅的、知性温和的……他的工作决定了他需要与各种人打交道，也包括了各种女人。我知道，只要哥哥愿意，他永远不会缺少女人。但我也知道，哥哥只有我，也只想有我。

在艺术方面，我与哥哥没有任何共同话题。文学上倒是有很多共鸣。比如，我们都喜欢加缪、川端康成、鲁米……他的公司需要拍摄的影视剧，他都会认真地看剧本，也看各种可能有改编潜力的小说。有时，他也会让我看看，但我的经验和阅历远不如他，往往也给不出什么好建议。他也并不介意，只是一如既往地，看到好的文字想要与我分享，想要知道我的想法。

恩禾是个可靠的姑娘，对希腊发生的一切果然没有透露只言片语。哥哥对我内心的改变，自然是一无所知。艺术，已经不再是一种狂热的爱好，在艺术的另一端，是一个具体的、有血有肉、有形状、有轮廓、有名字的人。艺术，等同于了那个人。

我无法将心事诉说给任何人，每日沉甸甸地揣在胸口。我的心被压得低低的，像是纤细的枝头上挂满了硕大的果实，弯曲着，摇晃着，凝视着深沉荒芜的大地。有一次聚会——聚会地点在一家私人后花园，那里摆放了长条餐桌，餐桌的中间有几束鲜花——我的邻座是一个貌似深沉的中年女人。在这种陌生人居多的聚会中，我总是坐在角落里沉默寡言的那一个。我极少与哥哥坐在一起，他是场合里的焦点，高谈阔论，风趣幽默，像一束光芒吸引着周围的人。他的周围，总是有人敬酒，询问电话号码。倘若我坐到他身边，定像是在旋涡的中心，那些话语和眼神像被磁石吸过来的石头、渣滓、玻璃，往我身上砸，令我想要逃。

我坐在那个最不惹眼的角落里，席间不发一言，偶尔附和着笑笑，也偶尔，在大家举杯的时候，站起来碰下酒杯，小啜一口。我并没有注意到旁边深沉的女人，我只是看见了她，知道她就在我旁边。我也不询问她的名字，更不想与她说话。

中途，我起身去抽烟。我已经完全学会了抽烟，抽的是那款他抽过的韩国香烟。那个女人走到了我的身边，问我要烟抽。我递给了她一支。她又问我要打火机，我摸出来替她点燃了香烟。我俩一起在角落里抽烟，那旁边是一大簇的植物。

十月的北京，树叶开始零星地落下来，地上铺了薄薄的一层。她抽着烟，偶尔瞥我一眼。她一直在有意无意地观察我，这点我知晓。烟抽完时，她突然对我说道："我给你算算吧，我很会算。"

我想也没有想，伸过去一只手，她握住了我的手。然后，又问道："我可以抱抱你吗，这样可以更好地感觉你，能更准确一些。"

我说"好"。她上前一步抱住了我，她身上有某种浓郁的香水味道，长发摩擦在我的脸上。然后，她放开了我，猝不及防地开始落泪，继而转过身去，蹲在角落里捂着脸哭了起来。

我就站在她旁边陪着她，并没有说安慰的话。等她站起来，面向我时，眼睛里依然闪着泪光，把她精心画的眼线都弄花了："我感受了一种很特别的东西，一种无法诉说的痛苦……太痛了，我一触摸到就想哭。你心里藏了好多东西。你是个淋了雨，伞破了，也要去给别人打伞的人……"她说得断断续续，期间又几次哽咽了。

这真是一件神奇且震惊到了我的事情，我不禁对面前长相普通的女人刮目相看。

"的确是心里藏了东西……的确也无法诉说……"我说。

"我能理解，不便多问了。"她又说道，"那就让我再抱抱你吧。"

我摇摇头："不是一个拥抱就能解决的事情。我想自己待一会儿。"

她理解地回到了座位上。

我留在那个角落里，又抽出来一支烟点上。我需要完全独立的空间，不被任何人打扰，我迫切地需要感受他的气息。只有抽烟，和他抽一样的烟，我才能得到这种最真实的体会。

聚餐结束时，已经是凌晨。我们从朋友家的后院出来，又碰到了那个女人。她认识哥哥，热情地打着招呼。

“这是你的妻子吗？你可得好好关心她。”她怜惜地看着我，又说道，“这是个好人，让她多快乐点儿。”

哥哥一把将我拥入臂弯里，笑着说：“我让她过得非常的幸福，这点儿自信我还是有的。”

我在哥哥的怀里笑，沉默着笑，笑得像个幸福的人。

—02—

年底，我和哥哥在三亚举行了隆重的草坪婚礼。北京太冷了，哥哥知道我更喜欢户外，喜欢蓝天碧云和大海。我总是喜欢着大海，喜欢着海边。可是，这世界上只有一个爱琴海，再也没有哪里的海水能像爱琴海那般深沉、湛蓝又清澈。我时常独自沿着沙滩漫步，听着海浪声，像是感受着遥远的心跳。在海边的我，想起国王先生，是充满了感激和幸福的。

我们提前几日到达了三亚，每天我都不厌其烦地跑去海边，跑去沙滩上，光脚踩进沙子里漫步，我总是若有所思、心事重重的样子。哥哥操持着婚礼的事情，我也不想他陪着我。海边是一个只属于我的精神世界，独处才能让我最大限度地进入、融入这个世界。也只有在这个世界里，我还能感受到我心中的那个人真实地存在着，他的身影在沙滩的每个角落里，风吹起他的衬衫和头发。他抽烟的模样，他喜欢用食指和大拇指捏着烟头……一切历历在目，刻骨铭心，在脑海里完好无损地保存着。我的手隔着天涯海角，触摸着他的脸颊。这感受太真实了，让我一度以为这张记忆里的脸是不会变化的。然而，在我们彼此失联的日子里，他在我看不见的地方，一直变化着。现实世界里的他，以更美好的形象存在着、生活着。等我再次有了他的消息时，他已经和我记忆里的模样产生了差异、隔阂。但这种变化，一直是美的。我说过，他是美的存在，他是美本身，无论任何时刻，我都从他身上感受着美。不论是因为记忆、热爱，还是距离、发酵的思念，都成全了这种美。在我的生命里，这个人已然和美相生相合。

婚礼前的那晚，我在一处无人的沙滩边坐了很久很久，月光洒下来，星光漫天，海浪拍打着海岸，发出低沉的呜咽声。我穿着真丝的吊带长裙，连内衣都没有穿，乳房的轮廓和凸起清晰可见。我喜欢这样自由自在的身体，但也仅仅是在夜里，在僻静无人的地方我才敢这么穿。

在岸边的沙滩上，我光着脚踩过长长的海岸线，偶尔抽烟，偶尔沉思。我的身体即将步入婚姻，从此便像是寺庙里的雕塑，众人抬着也走不动半步了，我走进过他，又永远地退出了。我才二十二岁，年轻而璀璨的生命才开始，却又似乎是被永远封存在了这个年龄，也似乎是衰老得不成样子了。短短几个月，他已经成了一段历史，一段过往，一段深埋在逝去的时光里的宝藏。闭上眼睛，希腊的场景原封不动地闪烁着，我们如何欢愉，如何拥抱亲吻……每一幕想起时，依然令我战栗，充满了幸福的感激。然而，痛感依然持续着，在疼痛中，我感受到的依然是幸福。

矗立在海边，我和海水一起呜咽，在心中默念着他的名字，我被封印在这个名字之下。我从来没有喊过他的名字，在希腊的时候，我们总是直接对话，连彼此的称呼都免去了。我也不曾对任何人提及过这个名字，然而，就在这美好的海边夜晚，我在心中默念数遍的时候，我终于听到了他的名字——是我自己的嘴里喊出来的，细小微弱，仿佛是来自另一个人的声音。我不记得，我会用这样的声音说话，但的的确确，这就是从我身体里发出来的。这个名字夹在海风和浪声中，像雪片一样轻，却在耳边震耳欲聋——他的名字。我把他的名字吐向了大海深处，吐向了星空、明月、夜晚，万物从此都有了他的名字。

—03—

青绿色的草地上，布置了鲜花拱门。白色的长条餐桌上，摆满了美酒和缤纷的糕点、各种菜肴。我们重要的亲朋好友都出席了婚礼，恩禾也特意休假赶来了。她是我的伴娘之一。祝福天花乱坠，像雨滴洒下来，密集而真挚。所有人都认为这是一场唯美幸福的婚礼——我穿着量身定做的洁白婚纱，被我的父亲牵着，走向了哥哥。哥哥眼中闪烁着泪水，是幸福的泪水。我也在落泪，却是痛楚的泪水。晚上，回到了酒店的套房里。哥哥把我抱进了放满了玫瑰花和熏香的大浴缸里。他温柔地清洗着我的身体，眼神里充满了期待和爱意。他总是毫不吝啬地表达着他的爱。

洗完澡，他拿浴巾包裹住我，把我放到了柔软的大床上。灯光昏暗，我的身体在发光。哥哥像他之前承诺的那般温柔地抚摸着我，黏糊糊的舌头亲吻着我，然后，更加温柔地进入我的身体。每进去一点，便停下来询问我，疼不疼，得到我的答复，又再进去一点。

我始终说不疼。

“你不疼真是太好了。”哥哥说。

结束时，婚床上没有落红。我看着空空如也的白色床单，想到米克诺斯岛那间别墅里，在黄昏中耀眼的红色，不可抑制地想到了他，想到了我的国王。开始，只是眼中含泪，泪水像积蓄过多的积雨云，停不下来，我背对着哥哥哭起来，直至哭到发不出声，哭到胸口被刺疼，我的那颗心呀，被千万的利剑刺入。朦胧的泪光中，我看不见哥哥了——他年轻的脸从波光潋滟的水雾中泛出来，他那双迷雾一样的、孩童般清澈的眼睛正凝视着我。我看见他白皙的皮肤、胡须，我感觉到一阵温热的气息打在我的脸上，像是他近在咫尺的呼吸。

“没关系的，有的女孩子是不会出现落红的。这早不是什么新鲜事情了，你小时候跑步、做操，都可能导致处女膜破裂。这太正常了，你不用为此哭成这样子。乖啊——”哥哥哄着我，替我擦着眼泪。

我在痛感中又迎来了后知后觉的内疚和歉意，这更让我不堪重负。我在哥哥怀里，像一只迷失了方向、找不到家的无尾熊，哭到力气全无，疲惫地睡着了。毫不知情的哥哥，像信任自己那般信任着我的哥哥，他没有做错过任何事情，我却如此残忍地对待了他。我配不上哥哥口中的至纯至真的女孩，我的纯粹干净已经交给了他人——这个人，至今也蒙在鼓里。他不会知晓，有个女孩，在她最年轻的时光里，用生命在爱着他。

婚礼结束之后，哥哥要带我去度蜜月，我以身体不适不能旅行拒绝了。从希腊回来，几个月的时间里，我消瘦了不少，能清晰地摸到质地坚硬的肋骨，锁骨处也呈现出了突兀的凹陷。哥哥喜欢抱着我，婚礼仪式后，我们就开始了每天同床共枕。他总是抱着我，用手臂充当我的枕头，这个习惯保持了下来。到我四十岁时，我还是个晚上在老公臂弯里睡觉的小姑娘。这中间，大概有两三年，我重新又睡起了枕头，一种治疗颈椎病的特殊枕头。原因是我长期枕胳膊，导致了严重的颈椎病变。用两三年的时间，养好了病，哥哥又坚持让我睡在了他的臂弯里。只是，从这以后，他会在臂弯上方放一个窄条的枕头，用来保护我脆弱的颈椎。

蜜月就这么被取消了。哥哥带我回到了北京，回到了北边临近郊区的独栋别墅里。这是我们的婚房。围墙外的一排槐花树过了花期，枯叶落了满地，每天院子里都是一层金黄色。北京的冬天，一片萧瑟，植物都枯萎了，光秃秃的，像是凉薄的、冰冷的人。我鲜少去院子里，偶尔从窗户朝外看看。只有抽烟的时候，我会去到院子里，裹着厚厚的毛衣或者毯子，坐在院子里冰冷的长条椅子上。闭上眼睛，想象这是在日光倾城的希腊，想象他就站在那个露台的栅栏边上。

婚后，我开始翻阅报纸上的招聘简介，有时遇到心仪的职位，便在那条报道下画上一条线。哥哥有天清晨看报纸时，留意到了我用笔画下的记录。他急匆匆上了楼，把熟睡中的我叫醒了。他把我扶起来，让我清醒点儿，他有事情要跟我商量。他要和我商量的事情是，不要出去工作，就赋闲在家里。

“我有能力养活你，会将你养得很好，我有能力保护、照顾你，你要相信我。我现在，是你的老公了。”他跟我说话时，声音总是一如既往地温柔。

我没说话。

哥哥以为我不放心，又继续说道：“该给你的，我都会给你，该写你名字的财产，我会慢慢去落实。这不是光说给你听的，一件件都会去做。我不想、排斥，也反对你出去工作，不管是出于个人的原因，还是别的。说难听一点儿，就当是我的私心——我喜欢你现在这样子，单纯、简单、不谙世事。我不想社会将你污染了，想到小小的你，去处理各种人际关系，每天上下班奔波劳累，我就无心工作。你现在是我的妻子，就在我给你营造的小世界里生活吧，好不好？”

他深情地注视着我。

我点点头。

“我会努力工作，好好养着你，保护好你的。”我的回答令他十分满意，他又惯性地伸手捏了捏我的脸，像父亲哄着小孩子那样说道，“乖啊，你最乖啦，接着睡吧。”

我又迷迷糊糊地睡着了。

从这之后，我再也没有出去工作过，我的人生里，没有一天上班的经验。从走出学校大门，就被哥哥接管了。他也不允许我做饭、做家务，请了个住家的阿姨照顾我的饮食起居。本来，我想让我的父母过来与我同住，但哥哥说，他想要过二人世界，只有我和他的世界。我只好打消了这个念头。我们的阿姨姓赵，我喊她赵姐。赵姐会做各种菜系的菜，面食糕点也拿手。她是个性格率真又好脾气的女人，约莫四十几岁，身材微胖，长得柔和，用哥哥的话说，赵姐长了一张善良的脸。哥哥总是一早出去上班，到晚上才回家。白天，我都只和赵姐待在一起。我的生活里，没有柴米油盐和鸡零狗碎。买菜、做饭、洗衣以及各种家务都是赵姐在负责，缴费办事，购买基金、股票……是哥哥在操持。每天睡到自然醒，下楼时热腾腾的饭菜已经端上桌。家里一年四季任何时候，都有丰盛的食材、水果以及各式美酒。鲜花是隔几天送上门的，院子里的植物也有专人定期上门护理。我鲜少出门，对去商场这种人多嘈杂的地方毫无兴趣。我也不热衷于购物，多数是到了换季需要置换衣服时，哥哥强行拉我去商场购买。只有去小区的花园草坪上散步，是我每日的必修课。哥哥给我打造了一个温暖、与现实近乎脱节的真空世界，沉重这样的词汇离我万分遥远。到我四十岁时，我连缴水电费、燃气费、电话费这种最基本的技能都不会，对家里的财务状况也毫不在意，每月的具体收益、家里的存款、各种保险股票……我一概不知也不问。从小到大，我都过着衣食无忧的生活，没有欠缺感，对金钱没有概念，也从来没有产生过巨大的欲望。我没有剧烈的情绪，四平八稳的，柔柔弱弱又纤细寡言。我活得毫无目的，轻盈，踩在浮云之上的轻盈，被鲜花、美酒、蛋糕和爱包裹着的轻盈。如果不是国王先生的出现，我的生命无法体验到浓烈的璀璨、饱满的情绪和深刻的痛楚，以及吞噬人心的爱欲。这个年轻的男人，这个终年躲在画室里绘画的艺术家，像是钉子牢固地将轻飘飘的我钉住了。

每周都有各种饭局，有时在饭店，有时在哥哥的朋友或者合作伙伴的家里，也经常在我家里。外面的应酬哥哥很少带我一起去。但凡带来家里的客人，都是哥哥认为可靠放心的。这些人都知道哥哥养了个小姑娘，虽然他并不比我大特别多。他们像哥哥一样包容我、爱护我，允许我寡言，允许我喝醉了多言，允许我说话没轻没重，不懂分寸。在这种环境下，我一直没有得到真正的成长和进步，我一直像我二十二岁时那样活着。过了很多年，我的好朋友恩禾已经成为能独当一面的主编，她留起了长发，化了精致的妆容，穿着得体，谈吐优雅知性。有时，我会在读书访谈节目里看到她，几年的光景，她已经褪去了青涩，有了女人妩媚的样子。我们依然保持着密切的联系，她也成了我朋友里，为数不多一直联络着的人。学生时代结交下的友谊，在进入社会，鲜少见面之后，就变得淡漠了。有的像我一样早早结婚了，有的已经有了孩子，也有的一直处于单身的状态。很多年后，我被恩禾拉进了同学群里，已经成了被大多数人遗忘的那个人。

我依然在原地停留着，被罩在一层与世隔绝的真空里，成了停滞的人。和过去一样的发型，一样的穿衣打扮，一样的说话方式、表情、语言。岁月只改变了我的模样，我一开口，便展露出了小女孩的天性。

—04—

这年的新年转瞬就到了。小区枯萎的树木上挂满了灯笼，白日里红彤彤的，夜里也发着红光。家家户户的门上贴上了春联和窗花，随处可见喜庆的红色。在这萧瑟之中，彰显出来一种生机。春节后没几天，又下起了雪。树上、屋顶、地面铺满了洁白，无边无尽、铺天盖地的洁白。我不喜欢万物萧条的冬天，却又无比热爱下雪，这真是矛盾。

我忘记那是初几了，哥哥带我去附近的山上泡温泉。那温泉的场地外面，有一大片空地，雪融化了大半，部分地方展露出来大地本来的泥土色。我们泡完温泉出来，裹上了厚厚的羽绒服，正打算回房间却听到外边的空地上响起了欢呼声，接着，一盏天灯缓缓从夜幕中升起来，飘向了遥远的夜幕之中。

哥哥说："外面有人在放天灯呀，要不要出去看看？"

我应声附和，说："好。"

我俩沿着围墙下被树荫笼罩的小径，穿过拱门，来到了外面。空地上，站着一群人，旁边还有数个天灯。我们过去时，这群人热情地邀请我们一起放天灯。其中一个衣着体面的老者，递给我和哥哥一人一个天灯。他们替哥哥点燃了天灯，提醒他赶紧许愿。哥哥举起了天灯，灯火映照下哥哥的脸，温柔虔诚，像是被笼罩在一层圣光之中。接着，他放开了天灯，双手合十，在心中默念着什么。他说，他许下了关于我和他永久的心愿。他又提到，有一年去泰国旅行，碰到当地的水灯节，他用竹竿放水灯的时候，挨着一对白种人情侣，他们互相剪下了对方的一撮头发，放在一盏水灯之中，点燃了蜡烛，两人都双手合十许愿，许完愿，两人眼含泪光地凝视着彼此，像是那一瞬间里，抵达了白头偕老。哥哥又说，放完水灯之后，他特意找当地人询问过水灯里放头发这件事情。当地人说，那是关于天长地久的爱情。这么多年，哥哥依然深刻地记得当时的场景，甚至记得那一对情侣的模样，记得那沿着河岸漂向远方的水灯。

“我也许下了永远，我和你的永远。”哥哥凝视着我说，他的表情如此认真。

轮到我放天灯了，当天灯点燃时，我双手举了起来。我看到天灯中间的灯火，放开了手，脑海里看见的却是那张遥远的他的脸。双手合十，我感到一种庄重神圣的力量，他的名字在我心中千回百转，我在心中悄悄喊着他的名字，轻轻说道：“你一定要过得幸福啊！”

我放飞的那盏天灯飘远了，飘向了天空的尽头，消失不见了。夜幕下，所有的天灯都消失了。人们陆续回到了酒店里。

回去的路上，哥哥询问我许下的是什么愿望。

“好吧，这么简单的愿望你也不用说出来，一定是和我一样的愿望吧。”他自信地说。

我不能回答，缄默地抿紧了嘴唇。他不再追问我，只是小声地嘀咕：“我们都是夫妻了，不要总是这么难为情嘛！”

我把手递给他，他像往常一样牵起了我的手。踩着月色下的积雪，我们回到了酒店里。我又睡进了哥哥温暖的臂弯。哥哥的臂弯，一如既往的安全温暖。如此优秀的哥哥，值得被任何一个女人深爱，他是值得深爱的最好的灵魂伴侣。或许，在哥哥的意识里，我爱他，并不少于他爱我，如果这么认为能让他感到幸福，如果这么认为，这种平静舒适的生活能永远安稳地持续下去，我便也打算缄默如瓶，守着这个秘密到永远了。

—05—

生活就这么宁静地铺展向了远方，像一幅展开的画卷，又像是一条川流不息的大河。我在这画卷之上跳舞，在河上徜徉，时光似乎也以温柔的方式对待着我。去美术馆已经成了我的执念。春夏秋冬，展馆里的画换了一批又一批，新的旧的，有名的没名的，各种人的画作摆放在空旷的展馆的墙壁上。那些画像是有了生命，墙壁活多久，画就活多久。

我总是找一个起点，一幅幅仔细地看下去，挨着把所有挂出来的画都浏览一遍。我依然没有在任何一幅画作上，发现过那个我心底的名字。我已经习惯了这种毫无所获，也从一遍遍的打捞中悟出来，这个世界从不会以人的心意来转动。现实世界冷若冰霜，虚无也是一种结果，甚至是大多数人的结果。

有一天，当我又独自来到美术馆，凑近那些画作，一遍遍搜寻那个名字时，一个人走向了我，是个跟我一样年轻的美丽女人。她说："我看了你很久了，你不像是在看画，你在找什么？”

我支吾着说：“我在找一个艺术家的作品。”

“你说一下名字，我帮你找找。”她好心地想要帮忙。

我明白她是善意的，但当我张开嘴时，我才惊讶地发现，我已经吐不出来那个名字了。就是对这偶然遇见的、毫不知情的陌生人，我也说不出来了。

“你怎么了？”她又上前一步，离我更近了。我已经闻到她身上喷洒的某种香水，这气味裹挟住了我。

我呆滞地站着，嘴里紧紧地含着那个名字，脑海中先是看见了他挥动着画笔的手，是被光照着的白皙的手背，那是我在雅典沙滩上初见他时留下的印象。沙滩、他的赤裸着陷在沙子中的双脚、他回过头来的脸、他的眼睛……

“你是不是哪里不舒服了？醒一醒。”她提高了音量。

我看着面前的陌生人，在她的身后，一幅幅色彩缤纷的画作像一排排模糊不清的人。

“我还是自己找一找吧，谢谢你。”我客气地说道。

她若有所思地凝望着我，像是在猜度着什么，然后礼貌地走开了。

我站在偌大的展厅中间，像是一株渺小的野草，没有了土壤，却还想着生根发芽。我想起他说过的话，一天到晚长期地待在画室里绘画，不分昼夜地绘画，画笔停不下来地绘画，像疯子一样地绘画。画笔像是长进了手指，一笔一触，颜色落在空空的画布上，诞生一幅幅艺术品。每一笔、每一种颜色之下，都是他的手、他徐徐舒展开的精神世界。那个终年躲在画室里绘画的艺术家，我想念着他。

当我在展厅里，发不出他名字的声音之时，我终于感到了深深的孤独，排山倒海的孤独。没有他的画的展厅，像是空无一物，一面面洁白的空墙，一团团白色的蚕茧。我就站在那里，无助迷茫又幻灭，只是站着，我的眼神像我的人一样空洞。过了很久，身边来来往往很多人，再没有人注意到我。等我从展厅里走出来时，已经过去了两个小时。下午的阳光照耀着我，我记不清是什么季节了，只记得那天的日光像地中海的烈日一样耀眼。我在阳光下站着，周围没有任何人。也许是春天，美术馆外面的花正开着，树木的叶子也绿着。我的心中翻滚着他的名字，终于，我再次听见那个名字落进了我的耳朵里。

2002年到2005年，整整三年，我都在锲而不舍地寻找他。然而，他像融入了大海的一滴水，杳无音信。

这漫长又短暂的三年里，只有一次，有人提到了希腊。我记得那次是林恩禾来我家做客，她住在城里一间小公寓里，离我将近一个小时的车程。每个月她几乎都会过来看望我一次。我们从来不提希腊之行。那天应该是过节，下午茶时，我特意定了一个巧克力蛋糕，赵姐又给我们准备了些熟食和各种水果。大大小小的杯子、碟子摆满了餐桌，我从酒窖里挑了一瓶红酒。那天没有别的人了，就我和恩禾。

我俩喝完了一瓶红酒。她一开始聊她的工作，聊她的同事……聊得笑声不断。聊着聊着，她又聊起她喜欢上了一个男人，她为我描述那个男人，从相貌到工作到性格再到家庭背景，她说的时候整个人都在发光，时而笑，时而又流露出沮丧的表情。她说她想去表白，却又没有这个勇气，这件事情让她甜蜜又痛苦。

“爱情不就是一种感觉吗？能感觉到就有，感觉不到就什么也没有。求不得也买不到……”她面色绯红，一双大眼睛水汪汪地凝视着我。

“能产生这种感觉，就是一件幸福的事情了啊。”我说。

我也喝得微醺了。酒已经空了，我又去拿了一瓶红酒。

接着喝酒。

这时，她再次看着我，一双微红的眼睛炯炯有神，表情也变得严肃起来。她用一种酒醉了变调的细哑的声音，突然问我：“你幸福吗，你现在过得幸福吗？”

我顿时失语，如被雷击——从来没有人问过我这个问题，所有认识我的人，都告诉我，从你身上看到了身为一个女人的幸福。我不知晓他们从哪里得出这个近乎是公认的结论——也许，是从我住的舒适的房子、我坐的车子、我穿的尚算体面的衣服、我偶尔佩戴的首饰。也许吧。我的哥哥，始终陪伴着、爱护着、照顾我的哥哥，我的可亲可敬的双亲，一群友好的朋友……这些表象，组成了大家心目中一个幸福的女人的形象。

“你幸福不幸福，你回答不出来吗？”她又咄咄逼人地问我，然后狡黠地看了我一眼，说道，“不能和最爱的人生活在一起的人，能幸福吗？我知道你有痛楚，你心中有个很深很深的伤口。”

“没有，那不是伤口。”我严肃地纠正道。那对我来说，是世间最瑰丽璀璨之物，绽放过就好，熄灭了，也不可能是类似伤口之物。我感到被她冒犯了，这让素来温顺的我产生了一股怒气。

“希腊，米克诺斯岛上的那个男人，你的那个朋友。”她确实醉得一塌糊涂了，也许她是清醒的，故意趁着酒后说出真心话，“你结婚之前的那个夜晚，我在沙滩上看到了你。你徘徊着抽烟，似乎还在哭……我不想说出来的，可是，我想让你知道，你不是孤独地承受着这一切。那时候我大学刚毕业，很多都不懂，也不是个成熟的人。虽然，我现在也算不上成熟，但总比先前进步了一些。关于希腊，我始终守口如瓶，可是，我始终忘记不了，夜晚沙滩上那个你的形象。那绝不是一个即将迎来婚礼，披上婚纱的幸福女人的形象——我不知道，你在希腊完全失常的几天里，得到了什么，又失去了什么——这是我后来才想到的问题。一直以来，我都认为把你安全地带回了北京，送到了哥哥身边，是我做过的最正确的事情。可是，当爱情发生在我身上的时候，当我知道爱是什么感觉的时候……再次想到你，我莫名地觉得好心痛。”

她又倒了酒，眼中渐渐蓄满了泪水。

“我知道，所有人都说你很幸福。我每次来，你都笑盈盈的，我愿意看到你这个样子。你命好，从这个福窝掉进另一个福窝，全是疼爱你的人……我太了解你了，也许，我俩已经心有灵犀。我脑海中产生了挥之不去的想法，最近越来越强烈的想法，那个真实的你，包裹在幸福之中的你，是另一个样子吧！我不愿意去承认那个你……可是，你是我最好的朋友，如果那也是你真实的一部分，交出来，我想……我想和你的全部在一起。”

我的心被她的话击中了。希腊！希腊！我梦里的希腊，我幻觉里的希腊，我终生记得的希腊！

“希腊……米克诺斯……爱琴海边上……”

我说不下去了，只说出来几个地名，我已经痛到颤抖。

“再也回不去了。”

我哽咽着，张开嘴大口地吸气。我什么也不想看见，闭上眼睛，泪水大颗大颗滚下来。恩禾也沉默了，她张开双臂抱紧了我，紧紧地，像过去无数次我们的拥抱，那么深，那么绵长。

“对不起，我不知道我干了一件什么事情，竟这样伤害了你。”她满脸的歉疚。

我摇摇头。

良久，在我终于平缓过来时，我贴在她耳朵边说道：“我可以回答你，痛是真实的，但比痛更真实的是幸福着。”

—06—

北京的那栋别墅是我的堡垒，也是桎梏着我的枷锁。我每天从这栋房子里醒来、入睡，在这房子里读书、看报、喝咖啡、喝酒……我做的大多数事情，都发生在这栋房子里。婚后，我便像是在这栋房子里生根发芽了，一直到我与我的国王久别重逢。中间漫长的接近十几年的时光里，我都住在这里，再没有挪动过。这中间，房子进行过翻新，置换过不同风格的家具，房子焕然一新，我的皮囊却在岁月中渐渐陈旧了。

在与我的国王先生失联三年后，也就是2006年，我终于第一次有了他的消息。那是个下着冷雨的初春，树木刚抽出了稚嫩的嫩芽。雨水朦胧了天地万物，营造出了一种距离感。我穿着一件深色的风衣，里面穿了一条针织连衣长裙，长发随意地扎在脑后，打了一把透明的雨伞。像过去无数次逛美术馆那般，我走进了空旷的展厅里。墙壁上挂满了一长排的油画，大大小小，各种尺寸，有抽象画、写实画，也有一些风景静物之类的画。是下午，加上下了雨，展厅里的人寥寥无几。零散的人聚集在其中一幅画前。我一开始并没有注意到那幅画，但人们的驻足让我对那幅画产生了兴趣。

我走过去，驻留在那幅画前面。几个人正围着这幅画轻声细语地评头论足。我挤在他们中间，望过去——这是一幅写实的人物油画。画面上有一个双脚倒立，侧头紧挨着地面的女人的形象，这个女人年轻、肥胖臃肿，一身粉红色的肥肉挤在一袭华丽的真丝蕾丝束胸衣里。腹部和腋下的肉被挤了出来，像是被压迫着，有种窒息感。她挨着地面的脸，面无表情，双脚高举着靠在逼仄的墙壁的角落里。背景的颜色深沉灰暗，对比着肥胖女人鲜亮温和的颜色，那女人显得更加庞大，像是在膨胀、下坠。压迫感、窒息感、疼痛感……几乎是从看到画面那一刻扑面而来的，像展开的巨网将我裹了进去。在我迄今为止的生命中，从未被一幅画如此震撼过，我的器官像是活了、苏醒了，我仿佛能触碰到那女人松弛的皮肤，能感受到她深沉的呼吸……周围的评论声消失了，美术馆的屋顶也消失了，我进入了一个纯净的绘画世界里，只有我和这个画中的女人。就在我身临其境之时，我看见了那女人旁边一片飘起来的羽毛，洁白轻薄的一片，犹如雪片。这种轻与重、人与物的强烈碰撞，撞击着我，我盯着那片羽毛，竟突然产生欲哭的冲动。

我走过去，靠近这幅冲击着我心灵，让我产生亲切感的油画。我看到了油画旁边的艺术家注解小牌子，眼睛紧贴过去，视线紧跟过去，我的心狂跳着，强烈的预感使得我充满了莫名的期盼。终于，终于——我看到了那个我心底的名字。我长久地注视着那个名字，我竟然不知道他可以画得这样好。那静谧细腻的油画，像他的人一样璀璨、绚丽，充满了一种朦胧而神秘的美感。

我伸手触摸着牌子上他的名字，仿佛隔着时空触摸着那个已经遥不可及的人。在他创作的艺术品面前，我终于再次感受到了真实的他的气息。记忆之门缓缓地打开，地中海的日光倾泻下来，爱琴海的浪潮声奏响了，台阶上别墅的大门打开了。他光脚站在沙滩上绘画，他躺在米克诺斯岛那间卧室洁白的大床上，他站在海边被海风吹过……太多的画面，真实无序地拼凑着，每一幕都像是晶莹透亮的水晶球，闪着迷人的光辉。我在痛楚中落下了幸福的泪水。

那天，我像个找到港湾的人，仰望着那幅画，仰望着他的名字。我也不知道自己在那幅画前站了多久，我感觉自己像是要被这幅画吸进去了，这幅画衔接着他的手、他的人。我仿佛看见了他，仍旧是背影，我仍然可以清楚地看见他握着画笔的手，一笔一笔，画笔落下去。他在用那双可以敏锐、准确辨识和捕捉到各种颜色的眼睛注视着画布，他应该是在严肃地、一本正经地作画。他认真绘画的样子那么迷人又美好。

我反反复复地想象着这幅场景。闭上眼睛，就仿佛站在了雅典沙滩金色的沙子之中，旁边是瘦削高大的他。我依然紧挨着他，在伸手就能触摸的距离之内。幻觉太美好，我已经不想醒来——我的国王，我心中唯一而永恒的艺术家。

人们都走光了，展馆里静悄悄的。有工作人员来招呼我，示意我闭馆时间到了。我这才如同大梦初醒，失魂落魄又充满了无比欢愉地走出了美术馆。

—07—

那幅叫作《颠倒的女人》的油画，像他的人一样，永久地储存在了我的脑海里。这个初春里，我又去过几次那家美术馆。每次都一如既往地停留在他画的油画前，驻足仰望着，脑海里他的脸千回百转，还有他的眼睛，他迷雾一般的眼睛。我沉浸在只属于他的世界里，在他毫不知晓的地方，追逐、思念着他。但到了月底，我再次走进美术馆时，悲伤地发现，展馆里的画又换了一批，他的画被撤掉了。满墙的绘画作品，在我眼中又如同空无一物。

回去时又下起了细雨。我走在雨中，感受着雨水的冰凉，仿佛又听见了他说："你让我感到很温暖。"于是，又抑制不住地哭了起来。天上在下雨，我的心里也在下雨，我心里的雨水无法停息，无处可躲。

那天回去，我就感冒了，躺在二楼卧室的床上，脑袋昏沉，喉咙剧痛，不时地咳嗽。赵姐熬了冰糖雪梨汤，让我趁热喝下去。哥哥又去诊所开了药，喂我吃下。他不时伸手摸我的额头，试探我是否在发烧，我每咳嗽一次，他就皱紧了眉头。

“你得快点儿好起来，在这个家里，你就是晴雨表。”哥哥打趣又心疼地说。

我知晓，我知晓我在这个家里的分量。但凡我不舒服，父母、公婆每日都会打来电话，询问病情进展，各种千叮万嘱。哥哥也无心上班，总是提早下班，回来照顾我。只要我保持着温柔和欢愉，我所辐射的所有人都像是沐浴在明媚的春日阳光之中，每个人都喜笑颜开，哥哥上班也动力十足。我必须当好这个晴雨表，让我的家庭日日是好日，日日是晴天。

大半个月的时间，我的病情才缓慢地好转。

在我生病的期间，林恩禾来看望过我。她束起了长发，穿着一件薄开衫，一条浅灰色的百褶裙，那打扮有点儿像民国年间的女学生。我躺在一楼咖啡室的沙发上，浑身无力，像是漂浮在大海之上。旁边的茶几上摆满了新鲜的水果和糕点，但我一点儿胃口也没有。我请她在对面的单人沙发上坐下来。她瞅着我的模样，叹息道：“怎么瘦成这样子了？你现在像个刚发育的小女生。是发生什么事情了吗？”我摇摇头，没有说我在美术馆见到了他的画和名字，这对我的冲击太大了。我舍不得分享他的丝毫，关于他的模样、职业等，我连最基本的名字都不想透露。林恩禾对此一无所知，反而充满了欲窥视的好奇心。自那次袒露心扉之后，她终于确定了我心中始终藏了一个男人。偶尔，她会询问我关于那个男人的种种，但我始终紧闭着嘴，一言不发。

“成为被爱不好吗？非得这么折磨自己，要是哥哥知道这件事情，该有多难过啊！”她摇摆不定的，一会儿为我不能和最爱的人在一起感到悲伤，一会儿又同情起我的丈夫。

她曾经不止一次对我说，我找了个世界上最好的丈夫。这句话，我总是反复听到，甚至有熟悉我们的朋友约我吃饭，只为了特意地、郑重地夸赞我的丈夫。的确，哥哥稳定的性格和工作，保证了这个稳定温馨的小家庭。我知道，我比任何人都清楚，我何其幸运，拥有一个万里挑一的好丈夫。

“如果不能两个人互相喜欢，成为被爱当然是一个好选择。”我又说，“我现在能确定，我是被爱着的一方……但，在认识那个人之前，我也曾认为我和哥哥是相爱的。爱是会痛的，我总是为他感到痛。”

“你这病，怕不是什么感冒吧？”她递给我樱桃，我摇摇头，躺在沙发上不想动。

“莫道不销魂，人比黄花瘦……你这怕是得了相思病。我真不知道，你为何要如此折磨自己，那个人真的能比你的哥哥更好？”她又问。

“这是两个维度的人。我很幸运遇到了哥哥。那个人也始终会在我的心里，我对他始终充满了感激……”我说。

林恩禾无奈地摇头，她的眼睛充满同情地凝视着我，仿佛为我的自我折磨感到深深的难过。接着，她起身打了一杯咖啡。咖啡豆是蓝山的，虽然也有少量猫屎咖啡豆，但我和来我家的客人都不喜欢喝，也许，想起这名字就让人硌硬。这些咖啡豆便长久地被搁置着，一直无人问津，倒像是成了摆设。

她给我也打了一杯。于是，我从躺着的姿势换成了坐着。我端起咖啡杯，和她一起喝起来。透过窗户，能看到院子里的紫玉兰正开着。每年玉兰花开的时候，就是种花的季节。哥哥会提前选好花，园林工作人员通常开着一辆小型货车过来种花。车厢里堆满了郁金香、绣球、海棠、薰衣草等，这些花每年都会定期置换。只有石榴、丁香、樱花这类，冬天枯萎了，来年又重生了，种下便是种下了。后院的走廊里，哥哥每年都会种一排玫瑰和月季，到了开花的时节，满院子浓郁的香气，家里便也算是鲜花不断了。

“我想去外边走走，透透气。”我说。

林恩禾找了一件羊毛长衫，宽松的款式，让我披上。我裹着这件柔软暖和的开衫，出了房门，来到了院子里，便又想抽烟了。虽然哥哥三番五次嘱咐，病没好之前不能抽烟。但我还是控制不住，找出来，坐在院子的圆桌边抽起来。

“从希腊回来后，你就开始抽烟了……你是我见过的，抽烟时最孤独寂寞的女人。”恩禾说。

也许吧。我倒是很喜欢这个评价，因为我心中的他，亦是世界上抽起烟来最孤独的男人。我喜欢孤独这个词，这证明我还是个完全独立的人类，我有我独立隐秘的精神世界。

“你也来一支吗？”我说着，递过去一支。

她摇摇头。她是个好女孩，从在学校里认识起，她就是老师同学眼中的乖女孩，在既定的围墙内，循规蹈矩地生活着。我原本也同她一样，但希腊之行使我发生了变化，我已经是体验过逾越滋味的人了。我内心点燃的春日的火种，从种下之日起，就再没有熄灭过。

“我可能会换工作了。也许，再过不久我就在拍卖行工作了。”她突然说。

我对拍卖行一无所知，更不懂她工作的内容，我甚至想象不出来她工作的模样。

“那挺好的，祝你新工作顺利。”我说。

她便笑笑，又说起了别的事情。关于工作的话题便是到此为止了。恩禾是个聪慧体贴的女孩子，她知晓我没有任何工作经验，读了四年大学，却没上过一天班，这有些不可思议。他人眼中的幸福生活，也许，在某些人看来，只是毫无价值的虚度时光。

我抽完烟，她又建议我去小区里转转，说这对我恢复健康有好处。于是，她强行拽着我，在小区里散漫地溜达了一圈。柳树已经发芽了，小河湾里清澈的春水流淌着，桃花和丁香花含苞了，一切都像是储满了力量，蓄势待发，再过不久，必然是轰然绽放的花的世界。我有些期盼起即将到来的四月了。

—08—

这一年，恩禾果然跳槽去了拍卖行工作。她从不跟我聊她的工作，我只知道她热爱着她的工作，也享受工作赚钱带来的价值感。她去拍卖行工作后，多出来了逛美术馆的爱好，这正合我意。于是，原本孤零零逛展馆的我，横空降落下了一个同伴。当然，她工作日渐繁忙，我俩只是偶尔结伴同行，大多数的时候，我仍旧是孤零零的一个人，而我也享受着这份只属于我的孤独。

那是个秋天，也许是深秋，树叶已经开始枯败，小区的路面上堆满了厚厚的落叶。每天都能看见环卫工人在清扫落叶，并将它们装进巨大的黑色垃圾袋里。落叶好似永远也扫不完。

我们逛完了美术馆，恩禾说，附近还有一家不错的画廊，她也想去看看。我便陪着她一起过去。她已经学会了开车，并买了一辆适合女性驾驶的轿车。她熟练地将车倒出来，打开了音响。她喜欢玉置浩二和谷村新司，车里放着他们的经典名曲，这深情的声音，让人觉得格外悲伤。

我们都沉浸在动人的音乐中，恩禾沉默地开车，我在副驾驶上沉默地看着窗外变幻的风景。那间画廊门脸不大，进去后却别有洞天。我像往常一样，浏览着满墙壁的画作，但我万万没有想到，我竟然在这间画廊里又看到了他的画作和名字。

我停在画作前，眼睛紧紧地盯着画，又陷入了幻觉之中，杵着一动也不动。

林恩禾叫了我几次，我方才如梦初醒，装作什么事情也没有发生，几步小跑着去了她身边。回去时，恩禾开车送我回家，一路上，悲伤的音乐又响起了。我的心中却像抽芽的嫩叶，沉浸于狂喜之中，我甚至情不自禁地流下了泪水。但庆幸的是，恩禾只是用心听着音乐，用心地开车，对我内心的变化毫无察觉。

第二天，我独自来到了那间画廊，找到了老板。这家画廊的老板是个白种人，约莫四五十岁，一头夹杂着些许白发的金发，湛蓝的眼睛，一个标志性的大鼻子，鼻梁微微凸出。他穿着一件休闲西装，搭配着牛仔裤和白色球鞋。

我主动找他聊天，讨好地奉承道，我喜欢这里的作品，很有品位。这让他很高兴，我们便聊了起来。他说着一口地道的北京话。他告诉我，十多年之前来北京旅游，因为太喜欢这座城市，就留了下来。他还说他是美国人，叫布莱恩，老家在西雅图，娶的却是位土生土长的北京太太。

然后，我把他请到那几幅画作前，直截了当地告诉他，我喜欢这位艺术家的画，我想要他的地址。

他突然默不作声了，一双蓝眼睛迟疑地望着我。

“我太喜欢他的画了，如果你有他的联系方式，请告诉我一下吧！”我近乎乞求地说。

“我不便透露他的住址，这太不礼貌了，他并不认识你，要是喜欢他画作的人都想得到他的地址，那他的麻烦可就大了。这是属于艺术家的隐私范畴了，小姐。”他礼貌地拒绝了。

我没有告诉他，我认识这位艺术家，认识很久了。我站在那些画旁边，不肯走。

画廊快关门时，这位叫布莱恩的美国人终于动了恻隐之心。他走到我旁边，叫住了我，说道：“地址我是绝对不能告诉你的，但是这个艺术家我的确认识，如果你有什么需要交到他那里的，可以送过来画廊，我替你转交给他。”他温和地说。

我激动地双手合十，连说了几次谢谢。

—09—

我终于找到了这架通往他的桥梁，我在这一端，另一端便是他了——这世界上唯一的他。我可以依靠着这架桥梁给他写信了——他的手指会触摸到信封，触摸到我的心声。我甚至能想象出那双手拆开信封的样子，我太熟悉他的手了，刻骨铭心，永世不会忘记。这真是一件令人欢喜又向往的事情。我酝酿着给他写信，第一封信，我慎之又慎。我饱满的情绪和思念早已经满溢了出来，希腊一别，早已是过往经年，那些记忆却依旧热气腾腾地翻滚着，这段历史存在着、持续着，我有太多话想说给他听，万千思绪缠绕在空气中，却又似乎无从捕捉。

我酝酿了好些天，每日眉头紧锁，沉浸在我的精神世界里。哥哥问我，是不是有心事了？我摇摇头，敷衍地说道，树叶快掉光了，每到这种季节，就忍不住悲伤。悲秋，悲秋，真是悲伤的秋天啊！

原本，我只是随口一说。哥哥却记在了心底。不久，他便出差去了海南，在风景如画的大海边上，买下了一栋面朝大海的独栋小别墅。那栋房子有个小院子，种着椰树、杨桃、三角梅以及鸡蛋花。这年起，我便时常在冬天去海南小住。如此，每年我都有至少两个月的时间，在海边的沙滩上散步徘徊，更多的时候则是坐在沙滩上看着远处坠入海平线的红日，抽着烟沉思，徜徉在我一个人的精神世界里。

秋天快结束时，我终于平缓下来，在一个阳光和煦的午后，安静地坐到窗下的书桌前，铺开信纸，开始给他写信。信签纸是我特意去文具店买的，那页面上印着蓝色的大海和灯塔。趁着赵姐开车去超市买菜，哥哥也去了公司上班，家里只有我一个人时，我在二楼的小书房写信。我已经很多年没写过信了，读书时，我的作文素来是班里的范文，大学时期学的又是中文，对文字的感觉还保留着。那窗边，能望见围墙外那一排已经光秃秃的槐树。

我提笔，先写下了称呼。我在信里没有称呼他的名字，我仍然叫他国王先生。

我的国王先生：

这是我第一次给你写信，见字就如同见人了吧。写信的时候，秋风正刮着窗外的秋叶，像金色的蝴蝶飞舞。远处的天空阴沉，仿佛是一张正在生气的脸。那些磅礴盛大、澄澈中带着破碎感的阳光，也许只属于希腊。我后来，的确也没再见过这样的日光了。我也不曾在人群中，再遇见过如你一样的人。

我在给你写信的时候，脑海中始终浮现着希腊的场景，我不曾忘记过你的模样。这是与你失联的第四年，也是我重新寻到你的开端。我知晓你在北京，我也在北京，可是北京有多么庞大啊，像是隔着千山万水，隔着终年不会消散的朝雾。我一直在寻找着你，逛遍了美术馆，我不知道你在哪里，却又好像哪里都是你。

我先是在美术馆看见了你那幅叫作《颠倒的女人》的油画，那幅画强烈地震撼、冲击着我，这是你创作的艺术品——我认识你，打开过你，见识过你最美好的模样。这太令我骄傲又自豪了。不久之后，我又在画廊看见了你的作品，由此，我终于有了通往你的路径。

这些年，我始终将你放在心尖，含在嘴里，未曾与任何人分享过。这是无人知晓的波澜壮阔，一个人的心中，原来真的可以藏进去高山流水和星辰大海，藏进去世间一切的宁静与沸腾。希腊与你相遇的所有时光，没有一刻不在热气腾腾地翻滚着，挂在天边，在我睁眼或闭眼的时候，一帧帧回放着。我那颗藏了你的心，因此炙热而滚烫，像是拥有了永恒的内核。此刻，我依然是那个希腊的小姑娘，我能预感到，这样的状态能保持到我老去。这真是不可思议又神奇的事情。这样的事情，多么纯粹又美好。只是，但凡想起，我曾经真实地拥有过你，烟花绽放般的一瞬间，幸福又欢愉，却也始终是山月照见心事的刺痛。写到这里，才恍然发现，希腊的时光，已经过去了很久很久了。但此刻，在我写信的时候想起，我心中对你，依然充满了热泪盈眶的感激。

这些年，你杳无音信，却在寂静与沉默中更加鲜活了。我习惯了带着体内的你去生活。我过得很好，依然保持着对生活的热爱，这份热爱使我成了一个有温度又温柔的女人。每日看书、喝咖啡、散步，无所事事却也不觉得是虚度。我回国后，学会了抽烟。现在，我已经有三年多的烟龄了，还是抽着在希腊时你抽的那款韩国香烟。你画了那么多的油画，想必是花费了很多时间吧？我还记得你说过，你的大部分时间都奉献给了画室。我在脑海中，把你在雅典沙滩上绘画的形象，置放到了画室里，便是能虚构出你绘画的场景了，虽然，我并不曾见过你的画室，但我还是想要告诉你，我喜欢你画画时的模样，非常喜欢。

还有一件事，我想告诉你。我很想念你——我不知道如何去定义你，也许无从定义也是定义中的一种。朋友，似乎只相处了几日，却又足够用一生去记得；情人，又只有短暂的一夜情。这太难下定论了，何况，我又是如此近乎痴迷地崇拜着你。那么，就算作是我生命中最特殊的存在了。想念你——这是一件很难被理解的事情。这件事并不存在于普世认知的范畴之内。你听听便好了，我的心意能传递给你，已经是幸运之事。我时常提醒自己，这个世界，并不会按照任何人的心意来转动，各有各的幸福，也各有各的痛楚和遗憾。所谓婆娑世界，不就是如此吗？

在米克诺斯岛上，我们告别。那天清晨的日光穿透淡淡的薄雾，爱琴海就在我们不远处的脚下。我们已经分别太久了。

你留给我的最后一句话是："都要过得幸福啊。"我想，我是做到了。我无数遍向神灵祷告，你也要过得幸福。这是我的执念，我如此热爱着你的画、你的身体和灵魂。我如此热爱着的你，你一定要加倍地热爱自己。

我的国王，愿你平安幸福，日日是好日。

落款，我郑重地写下了自己的小名。日期是2006年11

月初。

我把这封信装进了牛皮信封里，封好，在次日，叫了一辆出租车去了画廊，交给了布莱恩。我的大多数外出，都是赵姐开车接送，她很有耐心，不管多久，总是待在车里等着我，从来不会催促我。但这次，我不想让任何人知晓。这是属于我和他的秘密通道。

布莱恩告诉我，同城很快，最多一两天，他就能收到这封信了。我激动到涨红了脸，内心涌动着某种渴望，也许，也可以将之称为欲念——我想要收到他的回信。我想他能在信里告诉我，他还记得我。

第三章

—01—

然而，寄出去的信，像是融入了大海里的一滴水，没有了踪迹。他没有给我回信。十一月份，我在饱满的幻想和期盼中，接连去了几趟画廊。每次，布莱恩都用那深邃的目光充满同情地看着我，耸耸肩，双手一摊，告诉我，没有我的信，他没有给我回信。我问他，确定百分百将信送达了吗？他斩钉截铁地告诉我，百分百交到了他本人手中。他认识他，也许，他们还是关系不错的朋友。我身边终于有一个人，是属于他身边的人。我对面前这个已经展露出衰老迹象的美国人，由此多了几分亲近感。十二月份，我的期盼变得平缓、衰退了，二十几天的时间里，我没有再去过一次画廊。月底，北京下了第一场初雪，我坐在窗边，看着窗外被白雪覆盖着的世界，洁白晶莹。细碎的雪花漫天飞舞，落在枝头、屋顶，落在任何一处地方。我站在窗边，又想起了他。他是如此适合日光、月色和雪天，如日光般明亮破碎，如月色般沉静深邃，又如雪花般晶莹雪白。

我摊开信纸，又写起了信。那一沓信纸很厚，我突然决定，我要将它写完，一直写到最后一页。我在信中描述了初雪日我居住的小院，写了我爱喝的咖啡和那间画廊的老板。我写他是个好人，是他给了我一条通往你的路。写他的蓝色眼睛深不见底，像是希腊的爱琴海。絮絮叨叨，写了满满的一篇。我对他充满了分享欲，你看，我总是有说不完的话，即便是他沉默不语，即便是他视而不见。我不想去幻想他收到信，用那双白皙的手打开信件的场景，我更不愿意去幻想他那双迷雾般的眼睛注视着我的字迹的场景——这太亲密、太有实感了。光这幅场景，便让我感到战栗，像是他就在我身边。

月底，我穿着厚厚的羽绒服，戴了一顶白色的针织帽子，踩着大雪融化后湿滑的街面，将信件又送去了画廊。

“我以为你不会再写信了，毕竟，被冷落不是每个女人都能承受得了的。我也实在不好意思强行要求他给你回信。你知道的，他是个优秀的艺术家，总是有些异于常人的特别之处。”布莱恩接过信封，显然对我的做法有些吃惊。

“是的，他是个优秀的艺术家，也是我心中最好的唯一的艺术家。我写我的，这就足够了。我们不能对他提任何要求，也不要有奢望和期盼，有些事情，一个人去做，反而更加纯粹。我不觉得书信非得是你来我往、互相的。我给出去过，他阅读过，能确认这一点，就非常好了。”我语气笃定地说。

他笑了起来，似乎是从内心接受和理解我的话、我的做法。

“看来，你还打算接着写下去。”

“当然，我还会写下去，一直写，一直写……”

“这倒是让我产生好奇了，我倒是要看看，这种写信的方式，一个女人能坚持多久。”

“做好你的信使吧，这可不是一件短差事，你尽量朝长远去想象。”

这次，布莱恩特意将我送到了门口。他仍旧是一身时尚绅士的打扮，因为要出门送我，他又在西装的外面披上了一件羊毛大衣。他站在街边朝我挥手时，大鼻子冻得通红。

从这之后的很多年里，每个月我都固定去一次这间画廊，把信交给他。他在以后的日子里，一直很负责任地充当着我的信使，只是把信交到我的国王先生的手中，从来不对他提任何建议。我总是有的写，写我种的各种花草植物，写与朋友们聚会，喝酒、朗诵、读诗。有时，我也附上读到的好句子和诗歌。但凡在哪里看到了他的新作，也把我对他的作品的感受写下来。写清晨在草坪上闻到的青草香，写工人们割草。写春夏秋冬，也写夜晚穿着睡袍，追着月色和星光。

月光不似日光那么强烈，它是温和、淡雅而高洁的。月色下的影子也是模糊暧昧的，不清不楚，有种隐约的朦胧。这种朦胧营造出了清冷的破碎感、一种使人沉浸其中的氛围感。月光下的植物，亦是形状模糊、边界不清的，仿佛只是一个虚实不定的剪影。但若是在月光下，去观察一朵盛开的花，就会发现，那花朵像是乍然之间醒来，被一双凝视的眼睛唤醒了，它的绽放带着几分半遮半掩的羞涩。月光下的万物，都呈现出静谧和深沉。

我喜欢在月色下漫步，这真是一件美妙的事情，我抬头看到月光，有时也会想象，你也正好在此刻抬头看月色。我坚定地认为，我们仰望追逐过同样的月色——这是我初见时，属于你的颜色。现在，我再看到你，已经日趋明亮，接近于了日光色。

在其中一封信里，我写下了这样的句子。我想，他一定是能理解的。

—02—

2006年到2012年，将近六年的时间里，我保持着每月一封信的速度，不紧不慢，不定期地给他写着信。原本只是单纯地写信，后来，我开始在信里夹杂一些小物件，诸如院子里收集来的干花、秋天的枯叶等。去日本京都旅行，在金阁寺，我求了祈福的御守，带回了国内，连信一起捎给了他。算起来，我和他已经认识十年了。他离我的生活越来越遥远，却又仿佛成了我信仰般的存在，每个时刻都与我共生着。我的灵魂总是反反复复穿梭在米克诺斯岛上的小别墅里，我在那间屋子里进进出出，反复偷窥和审度。他还是年轻的模样，没有任何变化。我依然能看见他的手、他的眼睛和身体。这个年轻的男人，已经在我这里住了十年整，我很清楚地知晓，他还将住下去，也许，也许将要与我的身体共生共灭。

随着信件的频繁递出，我和布莱恩的关系也有了质的改变，我们现在是要好的朋友了。我时常在出发去他的画廊之前，去酒窖挑上一瓶红酒。自从我喜欢上喝红酒，哥哥就常年给我囤着，但我只喝一款标签上印着个大写R的红酒，这酒有个好听的名字，叫“游吟诗人”。从这微小的细节，就可以看出来，我是个不喜欢变化，甚至是极其厌恶变化的人。我身体里有种持久饱满的能量，使得我对喜爱的人及物，保持着恒温般的热忱。

画廊里有个小会客厅，墙壁上挂着一些古典写实的人物肖像油画，还有几张风景画。壁炉边摆放着两张淡黄色的法式真丝沙发，中间有张实木小茶几，桌上放着熏香和烛台。布莱恩从柜子里拿出来两个精致的红酒杯，我们一人倒上一杯，大多数时候他会准备些火腿和面包，切好放在英式的小盘子里。我们窝在沙发里，边吃边喝，布莱恩知道我喜欢听到关于他的任何事情。他会跟我聊起他。他讲他的新画，夸赞他是个有思想、喜欢创新的艺术家。我很高兴听他夸赞我的国王，这让我充满了骄傲。除了讲他的画，偶尔他也会聊聊他的人。聊他留起了浓密的胡须，性格温和，说话真诚，有时热情，但大多数时候趋向于沉默寡言；聊他在全国各地举办了一场接一场的画展，又到美国、瑞士等地举办了画展，他的画很受人欢迎；也说起他不喜欢社交，鲜少会客，总是常年待在画室里，废寝忘食地作画，属于艺术圈，但是又仿佛始终和艺术圈保持着距离……这些只言片语的细节，让我拼凑出来一个现在的他——一个日趋成熟的艺术家。他是如此的特别，和所有艺术家都不一样。

布莱恩的讲述，像磁石般吸引着、诱惑着我。他的话有一种吞噬的力量，我总是期盼着能从他嘴里知道更多关于他的消息。布莱恩也的确是个不错的好朋友，不管从哪里得知他的任何消息，都会在我来画廊时，第一时间与我分享。我的持久力已经让布莱恩从开始的惊讶，过渡到了现在的习以为常。

“你已经热爱这个艺术家好久好久了，他真是个幸运又幸福的家伙。”布莱恩那双蓝眼睛里有着羡慕的肯定。时至今日，他再也不会去怀疑和质疑我，他甚至比我还要相信我会一直坚持下去。

“能在心里产生这样深远璀璨的感情，并长期地保持着，又何尝不是我的幸运呢？”我说。

“能做你的信使，参与进这份感情，好似我也拥有了一种超越时间的能力。你写多久，我给你送多久……”他说完又用那双蓝眼睛看着我，发出长叹道，“我比你还希望他能给你回信。”

“谁说得清楚呢，也许……也许就是某一天，我总觉得，迟早会到来吧。”我说。

—03—

我已经是三十二岁的女人了。

在家庭这个小堡垒里，我仿佛得到了时光格外的恩惠。我还是二十多岁的模样，没有长皱纹和白发，皮肤紧致有弹力，我的雀斑一颗没少，散落在我的鼻梁两边，像熄灭的烟灰。有时，我喜欢扎两根麻花辫，这使得我看起来更年轻了。在希腊初见我的国王时，我就是麻花辫的发型，我扎这个发型时，总是会想起那日在沙滩上，我朝着他走过去的场景。那身白色连衣裙，从希腊回来后，就被我收藏了起来，放进了衣柜里。只在偶尔想念他的时候，拿出来穿一穿，我穿上这条裙子，便觉得我又回到了年少青春的好时光。我的身体还像过去一样轻盈瘦弱，被裙子包裹着，仿佛还能感受到他的手指和怀抱——这些，都完好无损地保存在了裙子里。哥哥撞见过几次我穿这条白裙子，他只知道我对这条裙子格外珍视。“你有这么多裙子，这条都旧了，为什么如此偏爱呢？”他也曾好奇地问过我。“啊，我小姑娘时很爱穿，也许是年纪大了些，容易怀旧吧，穿上就觉得我又回到了小姑娘的时候。”我只能这样说。哥哥对此深信不疑。

这期间，我完成了生儿育女的人生大事，和哥哥有了可爱的孩子。我的父母被哥哥从老家接来了北京，帮忙照顾孩子。加上赵姐，有三个人照顾宝宝，我便清闲了起来。孩子刚生下来，哥哥就让医生给我吃了回奶药，他觉得女人夜间喂奶是一件辛苦的事情，不舍得向来嗜睡的我起夜。我们的宝宝没有吃过一口母亲的奶水，从出生起，就一直喝着奶粉，直到长大。每天晚上，我的父母会起夜几次，冲兑奶粉，试好温度，用奶瓶喂给宝宝喝。换尿不湿、洗澡、拍嗝……所有的琐碎事情，家人亦是不舍得我参与。我偶尔多抱下宝宝，也会被父母或者赵姐抢过去，告诉我，不能太辛苦，要注意休息。到宝宝上幼儿园，接送上下学的事情，也由家人代劳了。再后来开始上小学，辅导家庭作业这件事情，哥哥又请了私教。这些身为母亲头疼的事情，一件都没有轮到我。我深爱着我的孩子，但是照顾养育孩子的琐碎繁杂事，似乎又和我隔着距离。在这个家里，我似乎比孩子还似个孩子。

在我三十二岁的年华里，始终过着一种不食人间烟火气的生活。这种貌似脱离了现实，却又真实存在着的生活方式，将我的纯真、简单与热情极大程度地保留了下来。我的家人和朋友，也照旧把我当成个小姑娘。但凡结伴出门，总是有一个人负责牵着我的手，生怕不识路的我走丢。他们纵容我说话不得体，允许我对世人艰辛的生存一无所知。哥哥把属于我的那份辛苦全盘承担了起来，事无巨细，体贴入微。这些操劳全部在他身体上得到了展现，不到四十岁，头发白了大半，眼角长出了细微的皱纹，唇角也出现了下垂的迹象。他的眼睛却更深邃了，注视人的时候，仿佛含着一汪深潭。我们的年龄相差不到十岁，外出时，却开始频繁被误认为是父女俩。这让哥哥沮丧的同时，又感到一丝欣慰。“你是我珍藏的小姑娘，把你爱护好，是我的责任。”哥哥总是这么告诉我，他总是提到责任两个字，好似我驻留的青春是对他最好的回馈。我抚摸着他新增的白发，凝视着他眼角的皱纹，我看到这些岁月和辛劳篆刻的痕迹，愧疚心软到欲哭。

“你的身体、灵魂，你的一切都必须属于我，你就是为了我而生的，小姑娘。”对于我，哥哥充满了身为男人的占有欲。从初识至今，他那颗心和他的占有欲一样旺盛，像是一团燃烧的火焰，永不停息。这团占领了我的火种，也温暖着我的人生。在他的认知里，我也满足了他这个心愿——我是他的女人，一个被他完全拥有了的女人。但只有我知道我心中关于国王的秘密。我必须将这秘密封印在心底，填上水泥浆，踩得严严实实的。但当我面对深情的哥哥时，这心中的隐秘偶尔也会像浮上来的水泡，从心间冒出来，但凡这时，我便有一种深深的罪孽感，感到不可抑制的难过。哥哥是世间稀绝的好男人，换作任何一个女人能拥有哥哥，都是幸福的。哥哥理应被崇拜、被仰望、被珍视，被放在心尖上疼惜。而我，作为哥哥的挚爱和妻子，却从心里拿不出来这样的东西了。我给予哥哥的，是一座美好、浮漂又虚幻的海市蜃楼——那些拥抱、亲吻、爱抚，比幻觉更真实，也比幻觉更残忍。我习惯了哥哥在我身边，他就像是我身体里的一部分。我只能用一种平静的、波澜不惊的爱去爱他。我的宁静，仿佛可以吞噬黑夜和大海。也因此，对于哥哥，我必将怀着长达一生的亏欠和内疚。

—04—

这栋北京北边近郊的别墅，是我的栖息地。大多数的时间，我都生活在这里，在这里度过了我的青春，完成了属于我的人生大事。一开始，这个家里只有我和哥哥，还有赵姐。随着宝宝的到来，家里又新增了我的父亲和母亲。他们带着我可爱的宝宝，住在一楼靠近花园的一间小房间里，我和哥哥则住在二楼，赵姐住在半地下室的负一层。这栋三层的房子，将空间分割成了独立的三部分，我们生活在一起，却又各自保持着独立，互不干扰。

我的父亲和母亲是开明又热情乐观的人，对哥哥素来满意，他们对外总是很自豪地说，有这个女婿是他们的幸运。当然，哥哥也尽最大的努力回馈着我的父母。按照世人的标准，这就是一个即将成为中年的女人最好的状态——父母能干、健康，孩子可爱，被老公宠爱疼惜，算不上大富大贵，却也衣食不缺。

我的父母早已步入老年，却依然相爱。他们是彼此的初恋，自十七岁相爱起，就再没分开过。年轻时的父亲相貌英俊，在东北当兵时也得到过一些年轻女孩的爱慕，但他从未因此改变过对母亲的爱。两人结婚几十年，一直是在享受婚姻的状态，也因此，年过六十的母亲还时常展露出少女的一面。对我的婚姻，父母寄予厚望，他们认为，我和哥哥的婚姻会复制他们的美满婚姻，而我，则会像母亲一样，到老年时，理所当然成为被哥哥保护周到的老姑娘。

十年来，我的身边竟无一人看穿过我——我心中的炙热和滚烫、纯粹和完整。我建造了一座孤独的城，城里永远住着一个人。唯一知晓我拥有一座私密城堡的恩禾，也不知晓他究竟是谁。这些年来，她像个好奇心得不到满足的小孩，不停地试探推敲，试图寻找到这个神秘的人物。她甚至怀疑过我的感情是一个幻觉，这持久力让她感到不可思议。如此平凡瘦弱的我，竟然可以在心中填满这样宁静，又这样山崩地裂般的情感。

“我会替你保密的，你就告诉我吧。总得有个人与你一起分享，我是你最好的朋友。”她这样说过几次。

在喝醉的时候，我也差点儿在恍惚之间吐出我的国王的名字。那名字在我的舌尖上转悠，又被我艰难地吞咽了下去。

“真替你的哥哥难过，你这样的女人，怎么就能拥有哥哥这样的丈夫。”这样的话，她也时常说。有时，她一本正经地问我：“你到底爱不爱哥哥，你要是爱哥哥，又怎么会在心中藏着这样的感情？带着这样的感情，却和哥哥生活在一起，你俩都太委屈了。但凡你心里少装点儿他，多装点儿哥哥，该多好。互相奔赴的感情是多么美好啊，这才是配得上哥哥的女人呀！”

我回答不出来，我只能喝酒，喝了酒，就不想说话了。

然而，让我意想不到的却是，一个突如其来的下午，恩禾竟然挖掘出了我的秘密。乍然之间，还没等我回过神来，她已经看见了准确的答案——他的名字。

那天是五月份的一个下午。婚后，我就保持着睡到中午自然醒的习惯，和朋友们的聚会也多安排在下午。那天，正是我和恩禾小聚的午后。她开车过来找我，给我带来一个天鹅蛋糕。赵姐提前准备了各种水果。我们今天换了间房间。布莱恩的小会客厅里有个壁炉，因为时常去的关系，我也喜欢上了壁炉。于是，我也在家里放置了壁炉，在两侧摆放了沙发，铺上了一张图案繁杂的真丝地毯。原先，我和恩禾时常在咖啡室或者院子里待着，自从布置了这方小天地，我们的聚会场地就挪到了这里。

五月的北京，我穿了一条米色的真丝吊带长裙。恩禾也穿了一条收腰的长裙，她头发已经长到了腰间，也有了稳定的男朋友。但她忙于事业，享受着工作，并不想为了生儿育女改变目前的生活状态。她是如此安于现状。

这天，我俩都没有喝酒，但是各自打了一杯咖啡。我们正闲散地聊着天，她突然告诉我，拍卖会上有一幅叫作《颠倒的女人》的油画，拍出了高价。是个年轻的艺术家，画得可真了不得。她随口一说，说得轻描淡写，毫不在意。

正在喝咖啡的我，听到这幅画的名字，手顿时一抖，咖啡洒在了真丝地毯上。那是我最心爱的一张地毯，和哥哥去国外旅游时不远千里带回来的。恩禾眼神敏锐地盯着我，我和她对视了几秒，拿着咖啡杯的手在颤抖。良久，我才想起拿纸巾擦拭咖啡的水渍。林恩禾自始至终一言不发地看着我，看着我蹲在地上手忙脚乱的一通动作。等我忙完，重新坐下来时，林恩禾依旧保持着先前的姿势坐着，她深深地看着我。此刻，她的眼睛像医院的X射线光，仿佛正在将我穿透。我因此不敢看她，故作镇定地抽起了烟。就在这间屋子里，我竟然又犯了严重的错误，在我家，抽烟是必须去户外院子里的。

“我得回去了，你多保重。”林恩禾突然站起来，起身告辞。

我吐出烟雾，点点头，心乱如麻地朝她挥挥手。

就在这个普通的下午，我深埋在心底十年的秘密，就这样被林恩禾连根拔起，但她并没有告诉我。事实上，后来的日子里，她关注起了他，她实在对他太好奇了，好奇了十年，现在，终于可以揭开这个秘密了。

几个月后，林恩禾在一次拍卖会和艺术家的饭局上，第一次见到了我的国王。他已经是三十几岁的中年男子了，那时已经临近初冬，他穿着一件羊毛毛衣、一条修身的休闲裤，围着一条深色的围巾，看起来精致素雅。她还发现他一直坐在宴会角落的位置上，鲜少和周围的人说话，仿佛和周遭隔着一道屏障。那天的林恩禾走过去，只问了他一个问题：“你去过希腊吗？”她落落大方地问道。

“去过，那是十年前的事情了。”

“米克诺斯岛，那里很漂亮。”

“是的，我去的就是那座岛屿。”

“我朋友也去过，也是十年前。”

“好巧。”

“确实巧。”

他不再说话，那张初次沉淀出了些许岁月痕迹的脸又恢复了淡然严肃的表情。对话至此宣告结束。也就是在那次聚会上，林恩禾笃定地确认了藏在我心中十年之久的男人，就是眼前冉冉升起的杰出艺术新星。她在心里首先肯定了我的眼光，但为了我和哥哥的幸福生活，对她已经见过他这件事情，她像她曾经很多事情的做法一样，对我只字不提。我是多年后，与他再次重逢时，聊天中听他谈及多年前聚会上发生的这件微不足道的小事情，方才恍然知晓的。

那已经是太久之后的事情了，那时候我的国王和我都已经不再年轻了。时光像个小偷，偷走了我们璀璨的年华。但不论他的身体如何变化——皱纹的罅隙里照进光辉，白了些许的头发和胡须，像是零星撒落的雪片——他如何变化，都不影响我对他的感情。他是一棵树，我也会选择去拥抱这棵树。至少当时，我是这样认为的。然而，我以为的天长地久，也会渐渐发生变化。这颗心里被我忽视的那些情感，突然某一天被唤醒，而我，也在那平凡的未来的某一天里，在最疼痛的地方，发现了更深的爱。

—05—

我好像一直存在着，又似乎从来没有过自己。我的人生是被父母和哥哥塑造出的模样——温柔、纤细，永远不会发脾气，若是遇到吵架，除了沉默我几乎不会还嘴。我是一团柔软没有外壳的蜗牛，我的家、我的家人就是我的壳。我没有保护自己的那层外壳，只能在外界铸成的保护壳里得以生存。而没有壳的我，是这些人的珍宝，我的温柔、四平八稳，像是永远单调而闷热的热带。我辐射的温度让所有人都安心，同时，我身边的这些人也给予了我安心。如您所看见的，我是如此幸运，幸运到自小到大没有外壳，也能过着不被伤害的幸福生活。

但凡见过我的人，都感慨着这世界上还有女人，可以过着这样的生活。

除了林恩禾，无人知晓我心里有个巨大的漏洞，装满了痛楚和想念。我是如此思念着我的国王。

后来的日子里，每年林恩禾都在拍卖他的画作。他的画作价格越来越贵，越来越受追捧，一些名流富贾都争相购买他的画作，他几乎没有了休息时间。他几乎没有囤货，总是画完一幅，就被人买走了。林恩禾渐渐和他熟悉起来，也成了他的朋友。她每年都有几次和他见面的机会，她知晓他结婚了，有了可爱的孩子，她也知晓他从城市搬去了临近郊区的别墅。她还知晓，他住的别墅离我家仅仅半个小时车程……这些，她统统未曾告诉过我，只字未提。当然，她也未曾告诉他，我就是那个十年前与他在希腊相遇的小姑娘。

2015年，林恩禾也结婚了，嫁给了她爱的男人。我是她的伴娘之一，她没有邀请我的国王，出于对我的家庭的考虑。仅仅是给他送去了喜糖和一些小礼物。这些，她也未曾告诉我——她仿佛扮演着我家庭的守护神，希望我和哥哥一直这么幸福下去。她想要我永远住在那个城堡里，永远被哥哥保护珍惜着。她希望我永远不要踏出那层保护圈，永永远远和我的国王隔着千山万水的距离。她太清楚了，我只要但凡再遇见，便是又一场颠覆的沉沦。我这好心的朋友，她比任何人都清楚，哥哥才是这世界上最能给予我幸福的那个人。

婚礼上，林恩禾热泪盈眶地拥抱了我。我不知道这个拥抱是因为喜悦，还是因为对我的疼惜。她嫁给的，是她爱也爱她的人。

我家离温榆河很近，我时常让赵姐开车带我去温榆河边散步。我喜欢这条宁静的小河流，两边长满了大树。到了春天，那些野花成片地盛开，粉的、紫的……我有时会采摘回去，插在花瓶里。所以，野花盛开的季节，我去得也最频繁。我不知道这条河流要流向何处，它会在冬天结冰，却永远不会激流荡漾；它也不够清澈，时常漂浮着一些干枯的植物、落叶，或者某些不幸掉入河里的小动物。我似乎看不到水的流动，它仿佛是一条静止的河流，所以，即便结冰也似乎没受到影响，只是从柔软的状态变成了坚硬的质地——总之，都是静止而安宁的。

北京很少有河流，温榆河的两岸隐藏了很多小区。我通常在临近中午或者是午后醒来去河边散步。在春天或者秋天，这是我做得最频繁的事情之一，几乎成了我的习惯。但这两个季节总是太短暂，像是焰火绽放在了天空中，稍纵即逝。而冬天和夏天总是格外漫长。

那一天，赵姐像往常一样带我去温榆河边散步，她把车停在路边，在车上等着我。那天是个好天气，阳光灿烂，却又不炙热。我穿了一条和希腊那条连衣裙相似的裙子——那是哥哥给我买的，他在商场见到这条和我过去珍视的旧裙子相似的裙子就买了两条，让我换着穿。虽然是一模一样的两条，但我并不觉得哪条是多余的。这成了我五月份最爱穿的裙子之一。是的，那天，我就是穿着这条裙子，沿着温榆河岸边散步。两边的大树成荫，沿岸开满了鲜花。偶尔，能看见在河边钓鱼和正在野餐的人们。

我就是在这河边再次遇见了我的国王——这是我怎么也

想不到的事情，就这么突兀的，他闯入了我的视线，连同他的妻子和幼小的孩子。算起来，他已经年过四十了，可是，隔着不宽的河流，我仍然一眼就认出了也在岸边散步的他。他戴着一顶蓝色的鸭舌帽，穿了一身休闲的运动衫，身材肤色都没有变化，只是像布莱恩说的，蓄起了浓密的胡须。

林荫落下斑驳的光点照在他身上，仿佛是落满了闪烁的雪片。他一只手牵着幼小的孩子，旁边跟着长发温婉的妻子。是我猜测的，那名女子一定是妻子的角色。我站在他对面不到二十米的距离，我们中间隔着静谧的河流。我看着他，心里笃定是他，狂喜的同时鼻翼一阵阵发酸，我就这么驻足远望着他。而他终于也停下来，看到了我。

他的目光，穿过河流，穿过了漫长的岁月，静静地看着我，我也是如此，只是看着他，我什么也做不了，我依旧发不出来声音，无法喊出来他的名字。在这目光中，我不确定是否有涌动的，也许可以称为感情的介质，我的确从他眼中感受到了什么。当时的我，并不能确定。再确定的时候，又过了几年，他美好的婚姻土崩瓦解，我再次见到他时，他已经恢复了单身，他的画更加光芒万丈，而他在那时已经黯淡了许多，有了从日光色演变为月光色的趋势。那是后话了。

此刻，我的目光里仍然只有他。我就这么看着他，看着他旁边的女人和孩子拽着他离开，目送着他的背影消失在林荫之中。这时，我才无力地蹲下来，眼泪大颗大颗落下来，哭到哽咽，痛到发不出声音。但转瞬之后，又涌出来奇异的狂喜——我终于见到了他，十几年了，我终于再次见到了他，在我喜欢的温榆河岸边，在美好的五月新生出嫩芽的林荫之中。这真是太美好的遇见了，像我们在希腊的相遇那般璀璨，值得用一生去铭记。

—06—

2015年整个下半年，我未曾再给他写信，也没有去过一趟画廊。布莱恩以为我失踪了，他曾侧面向来画廊的林恩禾打听过我的消息，听说我在照顾生病的公公，他才放下心来。那是我家艰难的半年，公公被查出来肺部重疾，在医院住了整整半年。虽然请了护工，也有婆婆照顾着，但我和哥哥依然不放心，轮流去医院照顾公公。我们尽了最大的努力，请了最好的医生，用了最好的药，但公公依然在隆冬的一天夜晚与世长辞了。这之后，婆婆也被接到了我家，和我的父母一起，住在一楼的房间里。

从此，三个老人加赵姐照顾着孩子，我便更闲散了。

这期间，我请了一位留学澳洲的绘画老师教我画油画，每周三节课。我在绘画的世界里，似乎重新找到了一种叫作“自我”的东西。从一开始的临摹静物、风景、人像，到后来慢慢开始了独立创作，哥哥一直都是我最坚定的支持者，他甚至为了我能更好地绘画，专门给我建了一间画室。如此，我也成了如我的国王那般，一天到晚待在画室里作画的女人了。虽然，我和他的画隔着千山万水的差距，但这并不影响我对绘画的热爱。

临近新年，我想起自己已经太久没去画廊了，专程带着我喜欢的红酒去了一趟。布莱恩很高兴，他已经太久没见到我了。他一见面就问我：“是不打算再写信了吗？”

我摇摇头。

“新的一年开始，我又会继续写了。我可不是那种轻易就放弃的人。”我说。

“我有个礼物要给你，你一定会惊喜万分的。”他带着神秘的笑，把我带到了壁炉旁边的沙发上，他让我好好坐着。他像我们过去聊天之前那般，做准备工作。他开了瓶红酒先醒着，切了火腿，摆上了烤面包等食物。今天，他准备得格外丰盛，并且专门点了蜡烛，尽管当时的光线并不暗，蜡烛的微光并不明显。

我好好坐着，看着他准备好一切。然后，他小心翼翼地从壁柜的抽屉里取出来一封信，双手递给了我。

“他给你的回信。是他给你的！”他激动得瞪大了眼睛，双唇微微颤抖，那双手像是在呈递谕旨。

我笑了笑，沉默着接过了信。信是六月快递出来的，我是五月在温榆河边见到的他。

信上是一幅水彩小画，画着一个穿着白色连衣裙、扎着两根辫子的年轻女孩子，背景我认出来是米克诺斯岛的风车。旁边有他手写的一行字：“我的希腊女孩，你好呀，别来无恙。”信里还附了几张照片，其中一张是他现在的模样。比起先前，他成熟了，岁月终究还是在他的脸上雕刻下了痕迹。他的眼角有了细微的皱纹，他比当年胖了些，也可以说是强壮了一些，肤色照旧白皙，却一点儿不影响他像个男子汉的模样。那双迷雾一般的眼睛，明亮地正视着前方，仿佛是正凝视着我，这又让我想起了关于米克诺斯岛上那件在半山腰别墅里发生的事情。其余的照片，都是当时他在米克诺斯岛上给我拍摄的，有我在街角逗猫的，有我站在海边眺望远方的，还有我站在五个风车下拍的。那时的我多么年轻，我脸上的小雀斑在阳光下像是撒落的灰烬。

“我可以看看吗，如果你愿意与我分享的话？”布莱恩倒上醒好的红酒，礼貌又好奇地问道。

“当然，你当然可以看。我很乐意与你分享。”

说着，我把照片和那幅小的水彩画递给了他。

布莱恩仔细看着当年的我，这才恍然悟出来，我和我的国王已经是老相识了。

“这太令我惊讶了，原来你们认识这么久了！”

“是的，认识很久很久了。他还记得我，就是最好的礼物了。”

“他像你记得他一样，永远都会记得你的。”

“他已经是成功的艺术家了，比我想象中还要出色的艺术家！”我由衷地赞美道。

“你变化也不算大，还是小姑娘的模样。”他凝视着我的脸，又笑着说道，“你脸上的雀斑一颗都没有少。”

我们同时笑起来。

“我以为你收到他的信会激动到哭。”布莱恩说。

“你知道他为什么去希腊吗？”我说。

布莱恩摇摇头。

“希腊有世界上最美妙温暖的阳光，他去寻找光明。”

“光明？他真是个浪漫的人。”

“世上美好的东西都是光，包括笑容。我只想笑，就算是微光，我也想要发光。”我说。

我是在隆冬里将那些温暖的照片和水彩小画带回家的，藏在了我的衣帽间最下层的抽屉里，我知道哥哥甚少来我的衣帽间，我自认为放在这里最安全。但我永远低估了哥哥，他对我最近以来的变化了如指掌，只是，出于对我的爱惜和尊重，从来未曾询问过。他等着我主动对他坦白我心中最深的秘密。而我对此一无所知，我仍然每个月坚持给我的国王写信，写我收到信的欢愉，写在温榆河乍然之间认出他来的惊喜和疼痛，写我对幸福现状的祝福和欣慰。偶尔，他也开始给我回信，每次都是简短的一行字。他一直称呼我“希腊女孩”。

这些——我统统视若珍宝地藏进了衣帽间的抽屉里。我时常趁着家里的老人结伴外出散步的时候——他们向来有这个健康的习惯，不论春夏秋冬，都在固定的时间里散步或者慢跑——便把这间屋子反锁上，坐在地毯上，翻出他的照片和所有信件，反复地回味。我甚至能窥见他写信的模样，还有他那双白皙的绘画的右手。

于是，当有一天，这些信件像某种背叛的证据般突然展示在了哥哥眼前时——他终于明白，眼前这个乖巧温柔的女人，从在希腊开始，就埋藏了一段长达十几年的秘密。

哥哥发现这些信件时，已经又过去了几年。这中间，我与我的国王再也没见过面，但彼此已经成为互相认可的知己般的存在。他似乎已经习惯了收到我的信件，我也习惯了每个月给他写信。我不知道他是如何处理这些滚烫的信件的，也许像我一样放在了只有他能看见的地方。也许，看完就撕毁掉——毕竟，他已经是有家庭的人了。我的信件在看见他美满的家庭之后，有所收敛，甚少再写到我对他的崇拜和热爱，也不再提及在希腊的岛屿上以及爱琴海堤岸上发生的事情。

—07—

那是2019年的初春，我家围墙外的迎春花和桃花都开了，海棠含着花苞，院里的玉兰花开得正是时候。我对这些植物的盛开和枯萎记忆深刻，这让我轻易就记得那是三月底临近四月的时候。

是在一个霞光绚烂的黄昏的傍晚。那光线透过窗户，柔和地铺在我布置的咖啡室里。就在那个壁炉边上的沙发上，哥哥开了壁灯，尽管那时候的光线还不太暗。他给自己倒了我爱喝的红酒，旁边茶几上放着刚开始抽的雪茄。他是从半年前开始抽雪茄的，一直保持着每天一根的量。

哥哥拿起雪茄抽起来。我走过去询问他，是否需要准备些下酒小菜。他摇摇头，继续抽烟。我正准备离开，又被他叫住了。他唤着我的大名。十多年来，他一直称呼我的小名或者他给我起的各种奇怪又甜蜜的昵称。这次，他直接喊出了我的大名，这名字我几乎不曾在家里听见过。我吃了一惊，微光中，我看到他轮廓分明的脸上镀上了一层严肃的光辉。他异常严肃，硬中带着冰冷的一张脸，显得格外坚毅又明亮，譬如某种金属的光泽。

“你坐过来。”他仿佛是在下命令。

我要在他旁边坐下来，却被拒绝了。他推开了我，指了指对面的沙发。

于是，我绕过茶几，在他对面的沙发上坐下来。三月的北京气候微凉，壁炉还开着，坐在旁边感觉格外温暖。我看着他，这是我见过最严肃的哥哥，一度让我感觉到陌生。我预感到会有一场重要的谈话。甚至，我想到了衣帽间里那些隐秘的信件。我的猜测果然是没错的，但是只要哥哥不当面问起，我并不想主动坦白什么。壁炉的温度已经不能使我温暖，我看着冷却般的哥哥，感觉到前所未有的害怕，我的身体也因此在颤抖。

“你告诉我，我对你好不好？”

“好，特别好。”

“你心中藏了什么，请你告诉我。你给我的爱，从来都是平静而温柔的——你那热烈的东西在哪里？”哥哥尽量冷静地抽着雪茄，他看着我的眼睛，像是深渊。

“没有，”我摇摇头，心虚而底气不足地又说道，“我没有热烈的东西，我心里只有你和这个家。”

“你那平静的爱，到底是不是爱？”

“你一直像体温那样涌动在我的身体里。我和你是一体的，哥哥。”

“但愿如你所说，我希望你能勇敢点儿，说出你的真实想法，给我一个满意的回复。”他说着，又抽起了雪茄。中途他不再同我说话。我在他对面看着他在烟雾缭绕中的那张脸，觉得室内像是突然升腾起了大雾，我也如同陷入了迷雾之中。我如此害怕地意识到，哥哥是我生命中的灯塔，是我生命中无法缺失代替的人。当我意识到他与我之间隔了一堵墙、一层冰，或者任何阻隔的介质时，我感到如此恐惧。

我的身体在出冷汗，浑身发软，哥哥离开房间后，我独自瘫软在沙发上半天起不来。我身体的剧烈反应，告诉我，我如此需要这个男人。我想念过去那个温柔如水的哥哥，从他刚开始结冰起，我就开始怀念到心痛了——我灵魂里的那一片似锦繁花、高山流水、深海湖泊……我心中装了太多——我曾经以为这一切只关于艺术和艺术家。此刻，我才知晓，我身体里那些五彩斑斓的颜色、金色的河流，那绵延的温柔与热爱，都来自这个家，来自哥哥的滋养。是这个男人创造了关乎我的所有。我属于他。我所有的底气、完善、宁静和心安，我灵魂的归属地是这个家。

这次谈话之后，哥哥独自出了一趟差，他去了被称为世界尽头的冰岛。后来，我看了他拍回来的照片。那里只有白色，一片苍茫纯净，像是陷入了真实又虚空的梦境里。他拍了雪地中奔跑的白狐，光追着白狐，光始终追着白狐，白狐和光一起在奔跑。白色的雪山，清白的月光和日光，还有白房子。那里什么也没有，只有白。

他在那里度过了十天，和我没有任何联系。我给他发了很多信息，全部石沉大海，他未曾回复我一条消息。这是十几年来，第一次出现这种情况。我习惯了晚上在哥哥的臂弯里入睡，因此每晚彻夜难眠。我大病了一场，被父母和婆婆送去了医院。我在医院住了一周，这期间我父母和婆婆都感觉到我们的婚姻出了问题。他们询问了我很多问题，但我自始至终只字未提。

十天后，哥哥终于回来了，我也出院了。我们再次一起坐在那间不大的咖啡室里。我面容憔悴，瘦了一圈，比起过去显得更小巧。他又开了红酒。他说，也许每个人心中都有秘密。如果你的秘密不想说，那你就得有永远埋葬在心底的本事。我沉默着不知道如何回答。我无法对哥哥撒谎，也无法说出来真相，唯有沉默。

“你对我是习惯，还是想念？”他又问。

“都有。我习惯你，在这期间也想念你。我的身体因此出了毛病，我的身体离开你就开始崩盘了。我不知道……我的身体可以如此想念你。”这是哥哥离开期间，我最深切的体会。

“你的心呢，是否装着我？”

“也许，我曾经装过别人。但别人只是让我痛，而你，可以让我活不下去。”

“你病了，你父母和我母亲都告诉我了。你病得很严重，我本来想再待半个月的，只好先赶回来了。我还是惦记着你的。”哥哥说。事实上，在冰岛时，他尝试着寻找别的年轻姑娘，但在真正要发生关系的时候，他又把那姑娘赶了出去，关上了门。他始终没能踏出背叛我的那一步。

“是的，感受不到你，身体到处都在发生变化：血压降低，头晕，周身发抖、发软……在医院里，我感受到了周身的痛楚，还有心的痛楚。我知道我的心在哪里了。”

哥哥点点头。

“你哪里痛，心就在哪里。我很满意，你终于搞清楚自己的心在哪里了。”

“我很抱歉，哥哥。”

“我保护了你十几年了。你是我孩子的妈妈，有着这世界上谁都无法取代的地位。我没那么多时间再去找个小姑娘，再保护她这么多年了。我只有你。”哥哥说。

“我也只有你。你是我的那层壳，否则我只是柔软的一团，无法生存的一团柔软。”

我这样说完，他的眼神终于忽悠之间有了光亮，又重新变得柔软而温和起来。他又呼唤起了我的小名，说道：“你过来。”

我走过去，在他面前蹲下去，他拿手轻抚着我的脸。我像过去那般，将头靠在他的腿上，小猫一般温柔地磨蹭着他。他放下雪茄，低头又说道：“一起喝一杯吧。”

我说：“好。”

哥哥替我倒上了一杯醒好的红酒。我喝得半醉半晕……

我闻到哥哥身上雪茄和男士香水混合的味道，非常好闻。黑夜已然降临，我们仍然紧闭着房门，只开着昏昏的台灯。然后，我们开始低头靠近彼此耳语，说着甜蜜的情话。这些情话，让我充满了欲望，一种叫作“情欲”的东西在我成熟的身体里燃烧起来，像是春日里播下的火种，越燃越旺。我情不自禁地抚摸起了哥哥的手和脸，抚摸他刚长出来微微扎手的胡须。我亲吻他的耳朵和额头，抱紧他，把他紧紧地拥在我怀里。这个时刻，我确定，我是爱着这个男人的。我爱着他健康匀称的身体，爱着他带给我的一切：我们的父母、孩子，幸福无忧的生活，包括在我们家干了十几年的赵姐……院子里的花花草草，一株开花的玉兰，一树刚长出新芽的蒙古栎，石榴、海棠和樱花树，还有走廊里刚长出来花苞的玫瑰花……我爱着这丰盈而真实的一切。

于是，在这间散发着微光的咖啡室里，我们在华丽的真丝地毯上做爱了。我难得主动地脱光了哥哥的衣服，也脱光了自己的，赤裸裸地站在他面前，蹲下身去，亲吻抚摸起他的身体。反反复复，像是倾泻的河流不可逆转地流向大海的方向，灵魂穿透云霄，又坠落下来。反反复复的。那地毯散发着华丽的微光，我们在光芒中翻滚着。这一刻，我是如此热爱他，以至于，我的头发因为剧烈的动作松垮散开了，我也未曾发觉。

我想他感觉到了，感觉到了我身体的变化。他感受到了这新鲜又激烈的情欲——来自一个三十几岁的成熟女人的欲望。来得稍晚了些，但终究还是来了，这个女人平静了太久了，她终于开始发光发热。他抱着她时，感觉像是抱着一团滚烫的焰火，仿佛是从她的骨头里发出来的。

“我喜欢你现在这个样子。”哥哥说。

看到哥哥真诚柔软的模样，我的眼泪落了下来，为自己对他的疏忽。尽管，我从来都知道，他是上天送给我的人生中最大的礼物。我喜欢他赤裸的样子，柔软又坚毅的脸，周身散发的气息，我都喜欢，这后知后觉的喜欢让我感觉格外刺痛。我如此幸福，总是在疼痛中感到最深的幸福。我还拥有哥哥，没有什么比这更重要的事情了。

哥哥捋了捋我的长发，把赤裸的我拥进了怀里。

“我相信你心中是有我的。”他又说。

我点点头。

“你喜欢我这样子，我以后就经常这样子。”我说。

尽管，我对自己此刻的模样一无所知。我看不到我此刻的模样——我只知晓自己周身滚烫，我能感觉到热浪在我身体和血液里涌动着、翻滚着，只是为了眼前这个男人。像是新的开始，在感觉到他痛楚的刹那，我会难过；在他第一次称呼我大名的时候，我会震惊心痛到颤抖——我一直以为他只是我的习惯，而从这个黄昏的傍晚起，我发现他不再只是我的习惯。十几年的时间里，他已经长进了我的身体里，而我长进了这座他建筑的城堡里。

-08-

那些感情从来都是建筑在海市蜃楼之上的——虚无缥缈、毫无实感。或许，从一开始就是破碎、残缺、忽远忽近、忽冷忽热，令我苦恼而痛苦的存在。我第一次想要熄灭掉对他产生的持久的烈火。我需要在我的心里下雨，下一场大雨，来浇灭这团春火。我尝试着真的不再写信了。在我不写信的日子里，他也未曾再寄来过信。最初的日子是难熬的，我时常踱步去书房拿出来信签纸，那一沓我准备写完的信纸，还剩下不少，仿佛在提醒着我的放弃。我有时坐在书桌前，对着信签纸发呆，偶尔也拿出那些他寄来的短小信件细细回味。控制自己提笔写信的欲望是艰难的，我的心中充满了分享欲。但凡这种想念来临，我的心中便下起一场场大雨，悄无声息的，仿佛绵延不绝的春雨，一场连着一场。但是一天、两天、一个月、三个月……当熬过了一个月时，我知道我能做到了。熬过三个月时，那火种终于变得微弱了，任由着自生自灭，任由着那燃烧后的灰烬滋润着内心的沃土，唤醒生长出新的火种。

我们就这么再次中断了联系。

布莱恩虽然不知道发生了什么，但对我的做法也表示理解。他认为能坚持这么多年，已经属于奇迹了。次年，布莱恩因病带着妻子回西雅图疗养，关闭了画廊。临走前，我们再次一起喝了红酒。他只喝了一点点，因为医生嘱咐他要少抽烟喝酒。我们待了冗长的一个下午，我给他看了我的画作，他表示了欣赏和支持，并建议我举办一次画展。这让一直对绘画不自信的我备受鼓舞，后来的日子里，我几乎把大多数的时间都投入到了画室里。我开始没日没夜地绘画，画那些束缚、欲望、痛苦，画我感觉到的美，画我感觉到长进身体里的情感，也画那些颠倒的梦想和追寻。

我对哥哥说，我想成为艺术家。不管怎样的艺术家，我想给自己贴上艺术家的标签。我人生第一次，如此地想要自己给自己贴个标签。

哥哥说："我会给你办画展，会给你出版画册的。我会帮助你成为你想成为的。"

我又开始哭了。哥哥给予我太多东西了——我人生中所有令人羡慕的部分，都来自哥哥。即便是绘画技术糟糕的我，产生了成为艺术家这样的想法，哥哥依然坚定不移地表示支持，并力所能及地为我提供帮助。接下来，哥哥开始联系画廊，联系美术馆、策展人，联系摄影师……为了我的画册和画展忙碌着。他对我总是如此慷慨，毫不计较金钱和时间的付出。我看着为我里里外外操持忙碌的哥哥，那么英俊帅气的哥哥，那么体贴温柔的哥哥，内心最柔软的部分被激发了出来，我身体里最光亮的部分终于与他衔接了起来。他不再是爱我的人，而是，我爱的那个男人。也许，我应该称呼他为我的国王。不是也许，是笃定地、再明确、再正确不过的事实。

2019年到2021年，在与他断联的三年时间里，是我和哥哥最亲密无间的一段日子。我们一起做了许多事情，一起看剧本，一起读书喝咖啡，一起健身游泳，一起散步度假。有时，哥哥也陪着我去温榆河岸边，但我再也没有遇见过他。我现在称呼他“我的朋友”，一个无比熟悉又遥远的朋友。我仍然不愿意吐出来他的名字，但我想哥哥是知晓这个人的存在的，他也相信了，我与他仅仅是朋友关系。我早就说过，哥哥的宽厚大度令我臣服，他相信了我与他之间的友谊。他也愿意我多一个朋友，而不是强迫我失去我的朋友。

四月的一天，我们正在一家度假酒店的私家泳池里游泳，突然下起了雨。哥哥说：“我听说和爱的人在雨中游泳，是世间最浪漫的事情之一。”我说：“那我们继续游泳吧。”于是，我和哥哥就在雨水中游泳。雨水打在皮肤上冰凉凉的，泳池里的水却变得格外温暖。我是暖的，哥哥也是暖的，水也是暖的。

透明的雨水持续地落下来。而当天空开始不再倾吐雨水，白色云朵重新轻盈地聚拢时，我们湿漉漉地沐浴在光芒之中——太阳之下，我们是如此热烈地相爱着。我是如此崇拜着、需要着他。

“我的王，我的国王。”在泳池里，我贴在哥哥身上，深情地告白。

那天晚上，哥哥睡着了，我看着熟睡中他的睡颜，内心一阵激荡，仿佛黑暗中绽放出辉煌而灿烂的花朵，我的心终于回归到了这个男人身上，完整地回来了。我后来在衣帽间发现了那些信件被动过的痕迹，我知晓聪慧的哥哥心知肚明，却选择了原谅并接纳我。哥哥的大度宽厚和慈悲，让我彻底臣服沦陷了。我很高兴，我最爱的男人，是我的丈夫。我是如此幸运，我还拥有他。

我因为令人眩晕的幸福感，睡意全无，我穿上睡衣起床，来到了书房里。为哥哥手写了一首情真意切的情诗。

For.Mr.King

去一朵花的深处，那里住着一个永恒的夏天
花朵开了就开了，开了就不再凋零
四季凝固成一张亘古不变的脸的模样
是一张女人的脸
这里是四月，丰盈浓烈的四月
万物都在四月里相爱，而我爱着你
我爱着你
一颗真实而膨胀的心，以及我的热气腾腾的灵魂

是太阳升起在了正午，成为天空的心脏

是月光漫涨，缭绕的朦胧夜色

是清晨一早升腾起来的大雾，乳白色的雾气弥漫

我曾经深陷沉沦

而当你的光芒升起，当雾气散尽

——我爱你

是我，是我在爱着你

一株成熟的麦穗低垂下了骄傲的头颅

一堆尘埃里开出了向阳的花朵

一个女人，正向她的国王俯首称臣

我爱你

爱你，这件事情令我如此完整，如此地

都是你的

我的灵魂、身体、生命

我的好与坏

我身体里升起的太阳和月亮

永无休止

而我，正在爱着你

以每个清早升起的太阳与每一次的月光绽放

以我身体里，每一次心脏的跳动

而我爱你，万物都在替我告白

我的国王，我们会很幸福吧

从现在开始，哥哥成了我生命中真正的国王，从陪伴到融入各自的血液与生命。我终于成全了哥哥的爱与守护，更是成全了我自己。我再也不用因为想念而辗转反侧，再也不用在人群里为了寻找一个人的足迹奔波落泪了。我是灵魂与肉体合拢了的，一个完整的女人。哥哥塑造了我的同时，我也将哥哥塑造成了我的国王。也许，我们都曾经不存在过，都曾经在罅隙里挣扎迷茫过。而此刻，我只感受到了全新生命带来的圆满与幸福。

而他，成了埋藏在我心底的一段故事，成了我的真正意义上——脱离了爱情范畴的纯粹的朋友。我仍然会眺望着他，只是远远地眺望着，像过去的无数个时刻，偶尔想起时在心谷里激荡起回声，在心湖里投射下倒影。而他，只是一位埋葬在我心头，无人知晓的故事中的人物。

第四章

—01—

2022年时，我已经年过四十岁了。我那遥远的朋友，算起来已经是四十多快五十岁的人了。我们已经认识了快二十年了，除开希腊，仅仅遥远地见过一面，在我三十几岁初老的时候。而现在，我已经明显地感觉到了衰老的降临——先是代谢变慢，为了保持苗条纤细的身材，我必须控制食量，每日定时定量进食。如此，我的身材依然和少女时期变化不大，但皮肤却远不如先前紧实了。还有个变化，我但凡熬夜，第二天便周身发软，浑身无力。而年轻时我可以熬整整一夜，第二日照旧精神抖擞。这些变化，让我对衰老有了莫名的恐惧感。我的哥哥也年近五十了，我依然对他充满了情欲，他总是让我忍不住周身滚烫地亲吻拥抱他。

我们的孩子已经上初中了，开朗健谈，很会照顾人，有着独立、温柔而坚韧的性格。他不再需要那么多人照顾，主动选择了住校。于是，我的父母在他升入初中那年，重新回到了老家安度晚年。婆婆也找到了新的爱人，搬过去与老伴儿住到了一起。家里又恢复了只有我和哥哥的二人世界。赵姐因为年龄太大，于2021年年底搬去和儿子住在了一起。我们家里又来了个三十出头的年轻阿姨，她总是喜欢喊我太太。于是，每天我都听到她无数次地喊我：太太，起床吃早餐了；太太，您的咖啡；太太，这是先生让给您准备的营养粥……除了哥哥，没人再喊我的名字。我渐渐仿佛忘记了我的名字。我也忘记了我那遥远的朋友的名字。

但这次失联，是我甘愿又心安的。我知道，就在北京，那个人过着不错的生活，这就足够了。他有血、有肉、有热爱，什么也不缺地活着，画着自己热爱的画，这就足够了。

布莱恩于2022年9月重新回到了北京，他的画廊也重新开张。只是，他不再充当信使的角色了。画廊从美术馆附近搬去了宋庄附近，又布置了新的会客厅。我还是时常拎着红酒去找他聊天，但我俩都心照不宣，很少再谈及我那遥远的朋友。他很懂我，我不说，他便从不主动询问。

但我们还是再次产生了关联——那是十二月的事情。我像往常一样拎着一瓶红酒去布莱恩的画廊，刚坐下，他便告诉我，带着你的酒去另一个地方喝吧。正在我纳闷的时候，他递给了我一个地址。

“他离婚了，想见见你。”布莱恩又说，“地址是他亲自过来画廊交给我的。”

“我丈夫会介意的，我之前的举止伤害了他，我再也不想做伤害我丈夫的事情了。”

“不，你们仅仅只是朋友。你们至少是永远的朋友。”

“是的，你说得对，是永远的朋友。”

“去吧，拎着你的酒，我想他会很想和你喝一杯，告诉你他破灭的婚姻，让你见识下他的画……他的画室，你不是一直想看看那个地方吗？现在就可以了。去吧，去吧！”他把我放在茶几上的酒又塞到我怀里，“带着你最喜欢喝的酒，去见你最喜欢的朋友，最喜欢的艺术家。”

“我需要告诉我的先生吗？”我仍然犹豫不决。

“这随你，你可以去见你想见的任何朋友。他比我更了解你，他会感受到你的爱，比你更懂得现在的你们，只是朋友了。”

“可是，如果是见面也许就会沦陷的朋友呢，还该去吗？”

“你们中国人不是喜欢讲缘分吗？勇敢些，去做你一直想做的事情吧！”

于是，我站起来，重新拎上了我的酒，我想布莱恩说得对。这是漫长的时光里，他第一次发出需要我的声音——在这十多年的时间里，我一直认为自己对他来说是可有可无，不被重视也不被需要的。

也许，我应该在朋友离婚伤心难过的时候，陪他喝上一杯。

他将我送到门口，替我叫了一辆出租车。我把地址展开，我看到他的字迹，仿佛看见了他的手。

—02—

我花了大概一个小时的时间抵达了他家所在的别墅小区，那片小区也临近温榆河。我想起几年前在温榆河见到他的场景，原来，我们都住在温榆河畔边上。也许这些年来，无数次我们的车在河边那些公路上擦肩而过，也许，他也无数次在温榆河边散步，只是，我们总是选择了不同的时间，再没遇见过。

这里远离北京的喧嚣和繁华，有的，只是一片宁静。隆冬的树木一片荒芜萧瑟，大树的枝丫光秃秃地伸向云雾浓厚的天空。我找到他所在的门牌号，按响了门铃。我站在门口，心跳在加快，我把酒紧紧抱在怀里，尽量让自己平静下来。他来开门，穿着蓝色的休闲运动装，照旧戴着一顶蓝色的鸭舌帽。他见到我，笑起来，眼角眉梢的皱纹荡漾开去，像是湖面轻微的褶皱。那褶皱里落满了岁月的光辉，显得他整个人都明亮了起来。我喜欢看他笑。

“希腊女孩，你还是老样子。”他说着，请我进去。

我沉默地凝视着他，只知道笑，笑得热泪盈眶，眼前一片雾色。

我跟着他走过隆冬里荒芜的花园，走过萧条的竹林小道，进入了他宽敞明亮的画室里。他的画室充满了艺术感，水泥的墙壁，巨大的落地窗，一眼就能看到窗外的竹林。屋子里满满地挂着他的画，有和白马一起寻找光明的红色小男孩，有站在海边吹笛子的裸体胖女人，还有一幅蓝底上蜷缩着匍匐在地面上的年轻女人……还有些他收藏的其他艺术家的画。他的画室分为几个区域，绘画区的大画架上摆放着一幅未完成的画，画的是个坐着的纤细的女人，头部是一朵硕大的粉色玫瑰花。这是我第一次看见他的未完成画稿，忍不住又激动到眼眶湿润。这是我该来的地方，这地方在我梦里千回百转无数遍，是从我还是个小姑娘的时候就期盼的地方。终于，终于在我四十岁上下的时候，我真切地站在了这里。

“你画得真好，其实，我也开始画画了……我画了几年了。”我说。

“体验到了整天待在画室里，面对着空空的画布，去填满它的感觉了吗？”他那双清澈的眼睛凝视着我，问道。

我无法直视他，低垂着眉眼，只知道点头。他就在面前，离得太近了，我感觉到我的脸在发烫，像是一团火焰烧灼了起来。

画室里开着暖气，我脱了外面的羽绒服，只穿着里面的白色羊毛连衣长裙。我仍然保持着在希腊认识他时的身材，苗条纤细，这让我看起来与实际年龄不相符。岁月对我的恩惠，都是因为哥哥的保护，我很清楚地知晓。

“我知道你过得很幸福，你一直很幸福。”他说。

“是很幸福，就是在很长很长的时间里，心里总是偶尔会下雨，我无处可躲。后来，太阳出来了，晒干了我湿漉漉的灵魂。”

“为什么心里会下雨？”他又凝视着我，这目光让我瞬间失语。

我摇摇头，好半天才不知所措地说：“不知道。”

这时，我们已经坐在他画室另一边的会客厅里。那里有个壁炉，他说这是他根据洋葱的形状设计的。我喜欢这个壁炉的形状，喜欢壁炉里火焰燃烧“噼噼啪啪”的声响。他打开了酒，我告诉他，这是我唯一喝的酒。

“我只抽一种烟，只喝一种酒。”我又强调了一遍。

他缄默不语，只是看着我。我也不知道说什么，但我已经敢看着他了。我在记忆里翻找出二十几岁的他，对比着眼前这个被岁月雕刻得更完整、更具魅力的他。他现在的模样重叠进年轻的样子里，那一刹那，我内心所有的空洞都得到了填平。我可以为这十几年的追寻释然，我感受到了岁月对我们的慈悲和爱。

他突然问道：“你心里还在为我燃烧着一团火焰吗？”

我沉默着。我该如何说？这火焰我独自燃烧了十几年，终于被心里一场场的雨水浇灭了。而我又被唤醒和点燃了，却不再是他了。我已经有了真正的国王了。

他把画架上的一排照明灯关了，只开了会客厅里的两盏台灯，光线顿时昏暗了。此刻，已经是黄昏。透过巨大的落地窗，能看到窗外的夕阳缤纷的颜色，那温柔的光照进来，混合着台灯柔软的光，照耀着面前这个蓄了浓密胡须的中年男人。而我，也已经不再年轻了，我也是中年女人了。尽管，我的长相让我具备了一种欺骗性，但是我不再年轻了。我的青春伴随着追随他的脚步已然逝去。我像夸父追日那般，追着跑了十多年，终于倦了、累了，我躺在我的城堡里，做回了永恒的小姑娘。

我们坐在会客厅的沙发上，听着壁炉里的火苗声响，开始喝酒。我们喝完我带来的酒，他又拿出来他自己的酒，继续喝起来。虽然那酒据说很贵，但味道我却不太习惯——如之前所述，我从不拒绝他。他拿出来什么酒，我都会喝下去。即便只是友谊，即便他拿枪对准我，我也会毫不退缩地闭上眼睛。我曾经把心跳交给了他，悄无声息中，波动跳跃了那么多年。他不知晓，或许知晓一星半点，但他永远不会知晓全部——那些燃烧的火焰有多真挚而热烈，那些消失的有多饱满和持久。他永远体会不到，也无法知晓了。

我们又开始断断续续地聊天，他说起了他破碎的婚姻，因为专注于绘画，他忽略了身边人的感受。他总是在绘画，有时从凌晨画到天亮，再睡到中午。他疯狂地绘画，换来他想要的高质量的生活。他曾以为自己给家人提供美好的物质生活，就算是尽到了责任……原来，婚姻远不是用金钱就可以支撑起来的。婚姻在日常的琐碎里，在陪伴和关怀里，所有这些……他都忽略了。等发现的时候，那貌似完美的婚姻已经千疮百孔，像一个破碎的无法修补完整的人。

“我就这样失去了我经营了多年的婚姻，恢复了单身。”他说得平静，语气却充满了遗憾。

“我的婚姻很幸福，我有个定海神针一样珍贵的丈夫。”我说。

“我一直羡慕完整幸福的家庭，”他眼神恳切地说道，“我很羡慕你，希腊女孩。”

“你可以叫我的名字，或者我的小名。”我提议道。

“我喜欢希腊，喜欢那里的日光和蓝白色。我想，什么时候再去一趟希腊，只是，我大概是不会再遇见一个像你一样的希腊女孩了。”

“我也只遇见过一个你。”

我们碰了杯，继续喝起来。

他突然压低声音说道：“在希腊，我爱过你。”

一瞬间，我鼻子发酸，眼睛里又泛起雾气。他永远是山涧里升起的乳白色雾气，让我一次次地沉沦。我在这大雾弥漫中，静默地，宛若一朵深谷绽放的花朵，悄悄为他绽放了漫长的岁月，耗尽了我的整个青春。而终于，我知晓了，这不是我一个人的事情。他爱过。

“但是我也知道，真正生活在一起，你不会这样爱我的。我是个适合被你遥望着，而不是近距离生活在一起的人。我知道，你终究会爱上要和你结婚的那个男人。”他已经有了醉意，白皙的脸上泛着红晕，一种绯红色，像是清晨的朝霞，或者是一片落日的光辉。

“你是我的秘密，我想永久深藏的秘密。”

“希腊女孩，再去希腊，能否再遇见一个你？”他迷雾般的醉意酩酊的眼睛像一面静湖。那些皱纹又荡漾开去了，我竟然不知道，一个人的皱纹可以这样美好。

我缄默不语，只是红着脸，望着他。

然后，我走到他面前，轻轻地抱住了他。

“从见你第一眼，我就想要跟着你。跟着你走过雅典的街道、爱琴海的堤岸，跟着你走过所有……荒芜又漫长的岁月。可是，我无数次向你伸出手，你都没有牵起我的手。你没有，你什么也没有做。你甚至，拿着一把剪刀，剪断了我对你的热情。”我的泪水夺眶而出，我怎么能知晓，他爱过？

他张开双臂，紧紧地拥住了我。

他说，他现在觉得很孤独，人至中年，孤零零的一个人，这感觉令他害怕；他还说，他翻找了电话里的所有人，只想见我，只想同我说说话、喝喝酒；他又说，他知道和我永远不会有任何结果，我的爱是虚无的幻觉，没有任何实感的空洞之物，我其实从来没有真正爱过他。

“你最爱的，一直是陪伴在你身边的那个人。”

是的，也许，我真如他所说那般，我爱的从来都是哥哥。我日常琐碎的生活、我的身体、我想要成为的模样，全部关乎哥哥。

于是，我离开了他的怀抱。眼中的雾气散尽了，我感觉自己的理智恢复了一些。这是我该来的地方，即便只是为二十几岁的自己，圆一个梦。

“不论爱与不爱，你都是我生命中最重要的人之一。在你孤独和需要我的时候，我都会出现的。只是，我不再是你的希腊女孩了。我是你的好朋友。”

“我以为你不会来的，但你来了这里。”他又说道。

“是的，我必须来。”我说。

天渐渐黑下来，夜幕完整地覆盖了下来。他说，他有点儿迷迷糊糊了，想要睡一会儿。他又说，他最近因为焦虑，睡眠困难，所以能睡觉对他来说是奢侈的事情。大概是感受到了心安，他半躺在沙发上很快睡着了。

我坐在他身边的地毯上，轻轻靠在熟睡的他的身旁。我握住了他绘画的那只手，那只我认为神奇又特别的神之手。我紧紧地握着，好像觉得那手里长着一颗心脏。酒精的后劲儿来了，渐渐我也感觉到睡眠迷离，靠在他身上，我也睡着了。

睡梦中，我一直握着他的手。梦中，我窥见了徐徐展开的希腊，蓝色的爱琴海，蓝白色的米克诺斯岛，大风车下绽放着笑颜的二十出头的自己，那个脸上长着雀斑，却笑得灿烂的小姑娘。

梦中，我是他永远的“希腊女孩”。

—03—

就在这间我魂牵梦萦了十几年的画室里，我沉睡在这间画室会客区域的皮沙发上。我的脚下是柔软的地毯，桌上放着空掉的酒杯和香烟。壁炉仍然燃烧着，给这间水泥墙壁的画室增加了一些温度。我睡着了，我也不知道自己睡了多久，醒来时，我的身上盖着一条薄毯子。我握紧了毯子，凑近放在鼻翼间吮吸着气息。我想这条毯子，他也在经常熬夜绘画小憩的时候用过。

画室里灯光昏昏地亮着，透过落地窗，我看见窗外明晃晃的一片。这白色太令我吃惊了，我走去窗边，这才发现院子里落满了白雪。雪已经停了，月亮已经升起来，皎洁的月光照着地面清冷的白雪。然后，我发现了院子里的他。

他正坐在一张小桌前，端着一个碗吃着什么。我裹紧了毯子，开门走出去，来到他身后。他正在吃一碗面条，是一碗清汤面。那碗是白瓷色的，很小，像小朋友的专用碗。他裹了一件丝绒的睡袍，光脚踩在屋檐下的木地板上。白皙的脚冻得通红。

我俯身抚摸着他的脚，他的脚像冰一样没有温度。于是，我拿着毯子把他的脚包裹了起来。他停下筷子，沉默地看着我做完这一切。月光白雪中，我们四目相对，目光交织辉映。

“你为什么不穿袜子，不怕冷吗？”我率先问道。

“习惯了。”

“你自己做的面条？”

“是啊，晚上阿姨都睡着了，只有自己做。”

“吃得可真少呀。”

“我怕胖，我喜欢做个瘦子。”

“多吃点儿吧，健康比胖瘦重要。”

“习惯少吃了。你要不要吃点儿，我去给你煮一碗。”

我摇摇头，说道：“我想抽会儿烟。”

“我陪你。”

他放下碗筷，把脚从我包裹住的毯子中抽出来，光着脚站起来进了屋，俄顷，便从画室里拿出来一包香烟，还是我熟悉的那款韩国香烟，我们共同抽了快二十年了。

他点燃了一支香烟，递给我。我接过来，抽起来。他又替自己也点燃了一支。我们坐在铺满白雪的院子里一起抽烟，谁都不再说话。只是静静地抽着烟，看着远处的月亮悬挂在围墙之上，地上一层薄雪辉映出月色的清冷。昏昏灯影下，他发间的隐约的白发，仿佛是不小心飘落上去的雪花。

他没看我。我偶尔情不自禁地看向他，脑海中那个年轻的他被唤醒了。灯火和月色映着面前这个在岁月中被洗涤沉淀的中年男人。

“我会记得你的画室，记得现在的你，就像过去记得年轻时候的你。”我说。

“那你离开之前，再去看看我的画室吧。”

我说：“好。”

“也再好好看看我。”

我又说：“好。”

“到我很老的时候，你还会这样对我吗？在我困难的时候来陪伴我，在我想有人陪着喝酒的时候，在我希望那个人是你的时候。”

“会的，不管那时候的我老成什么样子，也不管你在地球的哪个角落——我都会拎着酒，来陪你喝酒的。”

“算是约定好了吗？”他问。

我深深地点点头。

我知道我会记得这间水泥墙壁、木地板，宛若艺术馆的画室；我会记得天花板上明亮的灯光，也会记得长书桌上昏昏的光；我会记得那个长得像洋葱头形状的壁炉，记得那些墙壁上所有的画，记得他的手，记得他雪地月色下如灯火、如深渊的眼睛；我会记得他白了些许的胡子和头发，记得那条毛毯上的味道……此时此刻，关于这间画室、关于这个艺术家的一切，我都会深深地保存在脑海里，直至它们在岁月里，被发酵、洗涤，盘根错节地再次生长。我都会记得。

我在画室里绕了一圈，不放过视线所及的任何微小的一处。他坐在沙发上看着我，看着我驻足在画室的每一幅画作之前长久地凝视，任由我的手去触摸那些他留下的笔触。然后，我走到他面前，蹲下去，抬头看着他的脸。他也低头看着我。我伸出手，轻轻触碰了一下他脸上的皮肤，又无力地放下了手，继而眼眶逐渐泛红。

“我走了。”我说。

我们走出了画室，又走出了院子，我重新穿上了我的羽绒服，又戴上了羊绒帽子和手套。他把我送到大门口时，时间已经过了凌晨四点。他要开车送我回去，被我拒绝了。我打开了手机，里面全是哥哥发来的消息。我给他打过去电话，告诉他我在朋友家喝酒，喝醉了，睡了一觉。我给了他地址。他说，他很快就来接我，让我等着别乱跑。

他陪着我站在路灯照耀下明晃晃的雪地里等着。我们又一起抽起了相同的烟。远处的汽车声音响起时，他悄然走进了小区深处，又回到了他那个密封了世界般的画室里。大雾中，哥哥亮起的车灯像是太阳光照过来，我欣喜地奔跑向他。

—04—

隆冬的夜晚是漫长的，凌晨四点半的路上起了大雾。哥哥把车开得很慢，车里开着空调，很暖和，我脱了外套，坐在副驾驶的座位上。我想假装瞌睡来了，假装睡觉，因为我猜测哥哥对我第一次夜不归宿，有很多疑问。我不想回答，也不想被他怀疑——我仅仅是去见了个我想见很久的朋友。车里放着欧美的轻音乐，哥哥把音量调得很低，调到刚好能听见歌声，又不会影响到听见说话的声音。

他果然开始了询问。他问："去见的是老朋友吧？"

我点点头。

"很老很老的朋友？"

我说："是的，老朋友。"

"只是朋友？"

"是的，只是朋友。"

"你们都做了什么？"

"喝酒、聊天，大家都喝醉了，在沙发上睡着了。醒来

时，他在吃面条，我不想吃，我想抽烟。然后我们一起抽完了烟，我给你打电话，让你来接我，再然后，你来了。就这样，这就是全部发生的事情。”我说。

哥哥侧过头深深地看着我的眼睛，昏暗的灯光下，他的眼睛泛着红色的血丝。显然，他从昨夜至今未睡，一直在等着我。我免不了心疼，又想哭了，我想我又伤害了他。至少今夜，我让他担心了。

“以后，不要喝那么多酒了，你酒量不好。”哥哥提醒道。

我再次点了点头。然后侧躺在座椅上，装作酒还没醒，假寐起来。哥哥也没再说话。大雾中，我只听见那淡而轻柔的歌声夹杂在汽车的引擎声中，像是来自宇宙混沌不清的一种失真的声音。

那几天，风平浪静。哥哥对我彻夜不归到底见了谁的事情闭口不谈。我们都未曾再提及那晚的事情。就在一周之后的星期一，哥哥突然在那个阳光灿烂的清晨，收拾好了行囊。他告诉我，他要出发去泰国的一个寺庙里修行几日。

“怎么突然想要去修行？”我感到十分震惊。那天清晨，我还穿着宽松的法式长袖睡衣，睡眼惺忪，他的话让我瞬间清醒了。我去浴室洗了脸，再出来时，哥哥已经将一切收拾好了。他里面穿着短袖T恤，外边套了一件深色的羊绒大衣，看起来精致而规整。

“我要出发了，要提前三个小时到机场。”他又说。

“你去修行是为了什么？”我不安地问道。

“我想寻找自己，也想看看自己的心。”他凝视着我，停顿了几秒，又说道，“再问问佛，我想知道的答案。”

“你一直在做你自己，你想问答案，是因为有所质疑，才会去询问答案。”

“但愿这一趟，让我彻底醒悟。”他表情严肃而认真，并没有像往常一样在我起床的时刻拥抱我。

我感受到和上次如出一辙的恐惧，甚至比上次更深切。我有预感他询问的答案与我有关，与我那晚喝醉酒的彻夜不归有关。

“我爱你，哥哥。在这荒芜又冷漠的世界里，只有你让我是热的。你一定要相信这一点。”

“你一直是滚烫的，也许爱，就是你与生俱来的天赋。”

他背着背包，提着行李箱下了楼梯，打开了一楼的大门。那天清晨的灿烂阳光正穿透薄薄的雾气，他的背影在透明的光芒之中膨胀，突然变得高大而遥远。很久之后，我想起那天哥哥的背影，仍然感觉到一阵刺痛。我能感觉到他并未真正从内心信任我，他或许相信我那天什么也没有做——但他质疑的是，我是否将对那个人的爱埋藏进了更深的地方，深到除了我自己，无人再知晓。他相信我心中藏了一把冬日的火，他质疑着我体内正盘根错节地生长着某种叫作“爱”的东西，而这东西，与他并无关系。

我站在院子里，阳光终于穿透了所有的雾气——大雾散尽了，我感受到阳光照在我身上，而我只想要哭。

哥哥在泰国期间，发过来他穿着白色素衣晨练打坐以及清晨打扫寺庙的照片。寺庙对修行的凡俗之人有着严格的规定，一天只允许吃两顿饭，没有晚餐。那些日子，哥哥过着忍饥挨饿又辛苦的生活，内心却得到了前所未有的平静。有时，他给我发来山里的日出和日落。红日从远处的山涧升起，照耀着近处一片茫茫的稻田。周围的树木蓬勃地生长着。热带气候的植物，带着张力地生长，仿佛强壮的人，有着无穷无尽的力量。打坐的哥哥，紧闭着双眼，表情平静，我这才发现他和白色的素衣是那么般配，这个内心和身体都干净清洁的男人，也许，二十年来，我并未真正了解过他。

我拿着手机，放大了哥哥的照片凝视着。我不知道，我们之于彼此，谁是谁的一部分，还是彼此已经相生相融。这样平静而带着清冷肃穆感的哥哥，我是第一次看到，我不知道这一趟修行之旅，他是否找到了自己，找到了他想要的答案。只是，在后知后觉中，我意识到那段在我内心中扎根十多年的热爱和崇拜，深深地伤害了他。他是世间珍贵少有的好丈夫，而我，却不是一个好妻子。

“我不存在，我在裂缝里，我是被家庭和我爱的人塑造出的样子。”有天夜里，哥哥给我发来这样的信息。

我的眼泪陡然落下来——我曾经以为我不存在，我没有可以称为历史的东西，我按照所有人期望的样子生活着，二十年如一日保持着稳定的内核。日复一日，我始终过着同样的生活，似乎一天和一生并无区别。而在此刻，我才意识到，为了家庭操劳付出一切的哥哥，他何尝不是舍弃了自我的部分，为这个家倾其所有。

我给他发了很多我们幸福的照片，我和我们的孩子，以及我们全家幸福温馨的时刻，那些笑得开怀、笑得温暖的哥哥。

“你一直存在着，你是我们家的定海神针。大雾曾经迷了我的双眼和我的心，但当你的光芒降临，我才知晓自己爱你。余生只爱你。”

我给他发了这样的消息，这是我在深夜痛哭之后感受到的对他的真心与怜爱。发完消息，我裹紧睡袍走到露台上抽烟。竟下起了细雨。我坐在屋檐下的沙发上抽着烟，对哥哥的想念翻江倒海地席卷而来。我凝视着夜色中屋檐下滴落的雨滴，听着“潺潺”的雨声，脑海中的哥哥的形象高大、膨胀起来，和我贴得这么近。我回到书房，打开了台灯，铺开纸和笔，给哥哥写下了这样的诗——

雨落下来，溢满了院子的地板
我也是满的
此刻，我装着书籍、艺术、鲜花、咖啡
还有远方的你
太满了——你占领掠夺了我的心

我装了远方的你，你所在的城市、街道

河岸边点亮灯的房屋，街道上卖小货的商贩

装着另一种语言

装着落日里的黄昏，初绽放的路灯

还将装满升起的月光和繁星，明日你沉睡醒来的日光

那是属于你的——舒缓地延伸开去

你向我敞开了门

完整的、光明的、忧伤而开裂的花朵

时间缓慢，而你永远存在

我这里仍然下着大雨

你是我的屋檐，我再不会被雨水淋湿

雨水持续下着，再下几场，你那里依然是夏天

再下几场，我们也不会邀约在隆冬

今晚的雨水，仿佛不会停息

如同我爱你，点燃了

就永不会熄灭的爱

写完，我拿出手机拍照发给了哥哥。此后，我等了很久，雨没有停止，我也未收到哥哥的任何回复。

—05—

那晚，从我那遥远的朋友家里回来之前，我们蹲在小区大门前等车的时候，互相加了微信。后来，我看到了他的朋友圈，我挨个浏览，像在翻看一本书。我看到了跑步的他、种花养花的他，还有骑摩托车的他，我还看到了他的孩子，他曾经作为父亲的幸福。而我的朋友圈就比较单调了，一年四季只发些花花草草和我读的书、我在展览上看到的各种画，偶尔，也发点儿我的家庭——甚少的时候。但我从来没有一次，一次也没有发过关于他的内容，他的人以及他的画。

我们终于有了直接对话的途径，我也可以看见他发的最日常的生活。他发得不多，反而是我在加上他的微信之后，产生了强烈的分享和记录的欲望。当然，他几乎从不为我点赞和留言。我也渐渐习惯了与他保持距离。我想到他叫我好好看看画室，好好看看他。我想他是不会再邀请我去了，而我，也是不打算再去了。我想，我永远不会再见他了，但会永远记得他。

在哥哥待在泰国的日子里，我渐渐习惯了自己睡觉，不再每天期盼着枕着他的胳膊入睡。尽管，这习惯，我们保持了二十来年。每天清晨一早起床，开始喝咖啡、读书，偶尔抽烟，下午开始待在画室里绘画至傍晚，然后让新来的小阿姨开车带我去附近溜达散步，晚上再继续读书。哥哥从泰国回来的时候，这固定的生活节奏几乎成了我的习惯。

我仍旧会去温榆河，有时候我也路过我那遥远的朋友所居住的小区。偶尔我会在小区门口，让小阿姨将车子停一下，假装要下车抽支烟。我知道，倘若我直接走进去，按响了门铃，他不会拒绝我，做出将我推出门外的事情。也许，我是说也许，我们又可以坐在他那洋葱形状的壁炉前一起抽烟喝酒。但我一次也没有那样做过。我记得我们聊天时，我那遥远的朋友曾说过，我十几年的漫长追寻，不过是一场心灵的长途跋涉，而让我的身体真正生根发芽的，真正长出枝丫藤蔓的，是我的丈夫，是哥哥。我与哥哥的身体，在漫长的岁月之中，早已经长进了彼此的身躯、血液里。

哥哥出发去泰国的时候，我家里还是圣诞节的摆设，楼梯角落里摆放着一棵挂满了祝福和彩灯的圣诞树，壁炉上挂着圣诞花环，一切摆设都照旧，这样的摆设要持续到新年。我去见我那朋友的那天，正好是12月23号的傍晚。凌晨，平安夜开始，北京下起了初雪，我们一起看了雪景，在雪景中抽烟聊天。但是，因为离婚，他偌大的家里实在太冷清了，我甚至忘记了那晚是节日，在他家里，我感觉不到任何节日的氛围，没有任何属于节日的装饰。我在被哥哥接回家之后，从黎明睡到了下午才起床，哥哥已经将家里布置好了。圣诞树亮起来，圣诞花环挂起来，他给我准备的礼物是一个品牌的项链和手链，那形状像四叶草。

“你要一直戴着，我要你幸运，你幸运了我们家就会一直幸运。”哥哥说。

那几天，我们沉浸在圣诞节的喜悦之中。朋友们来家里过节，我们订了圣诞蛋糕，放着圣诞歌曲，女人们喝着红酒，一起唱歌，男人们在一旁的小会客厅里抽雪茄，聊着男人们的话题，譬如足球、股票、政治等。我们家沉浸在一片欢乐和美好之中，我甚至忘记了那晚彻夜不归的事情，我甚至以为，哥哥同我一样只当作了一件寻常小事情。

哥哥是在12月30日那天出发去泰国的，错过了元旦的假期。我们的孩子从学校放假回来，陪我度过了节日。元旦假期后，孩子重新返回了学校上课，我和小阿姨一起送他去的学校。他一再叮嘱我，照顾好自己，还追问着他爸爸为什么元旦要出去旅行。他敏感地发觉了什么，下车时又问我：“你和爸爸关系一直很好，现在也很好吧？”我点点头，告诉他，我们都需要一点儿自己的私人空间。

哥哥在泰国的寺庙里修行了十来天，又飞去了马来西亚的岛屿上。在那些封闭的、远离喧嚣嘈杂的地方，他学会了潜水。在那片碧蓝的海天之间，他的灵魂沉入了海底，沉在了鲸鱼与鱼群的身边，也沉入了自己的心底，寻找着自己，在岛屿和海岸之间不断往返。

等他再次回到国内，已经是一月中旬，新年近在咫尺。婆婆和她的新丈夫、我爸妈也都过来了北京，冷清的家顿时热闹起来。贴春联、贴春花、挂灯笼、布置吉祥树……家里充盈着节日的气氛。

我问哥哥："你在泰国寺庙里修行到了什么？"

哥哥回答说："家和万事兴。"

他抱了抱我，又说道："我知道你心里点燃过一团火，但是我想它已经不存在了吧。"

"存在，又被你唤醒了。"我说。

"我想要你柔软的爱，而不是热情的。太热烈的不长久，你知道，我想和你白头偕老，我想和你过细水长流的日子。"哥哥的表情不是欣喜的，流露出了淡淡的担忧。

"我是那种内心越热情，越温柔的人，你不用担心，我会好好守护这团火焰的。"

"你确定是被我唤醒的，而不是被某个你深藏的秘密的人？"

"没有秘密的人，只有一段故事和一个老朋友。"

"你知道，我不是狭隘的人，我允许你有自己的朋友，但只能是朋友。"

"就是跟你想的一样的那种朋友。"我说。

—06—

2002年到2019年，算起来，我将这个我心中唯一的艺术家，在心里埋藏了整整十七年。他是泛着冷色调的月光，忽冷忽热，忽远忽近，永远隔着一层神秘莫测的屏障。我在最年轻的时候，以祭奠般的方式将自己献给了他，却至今无法看清楚他。他和我之间有一条河流，一条永远横亘、永不消失的河流。就如同十多年后，我们在温榆河再次相见，各自有各自的家庭，连名字都喊不出来，只能远远地眺望。他留给我的，始终是一个隐约模糊的背影。像黑夜里的月亮，永远澄澈却又模糊清冷。那点儿热度，不够温暖我。我渐渐明白，我真正需要的，是恒温般的太阳。我曾经在心中装过月亮，但回到现实生活中，我永远热爱着我的哥哥，我的太阳般珍贵的男子。如同所有人告诉我的那般，拥有哥哥，才是我获得幸福的唯一途径，只有他能给予我幸福。我比谁都清楚这一点。

那年的新年，我收到了我那已经越来越遥远的朋友发来的祝福短信，搭配着他的照片。那双眼睛直视着前方，我看着他的照片，仍然感觉到无法直视他的眼睛。尽管，只是一张图像，我却仿佛感觉到是他在真实地凝视着我。我给他回了祝福。这一年，全家去放天灯，我仍然放了两个。一个为我的家人祈福，一个为了我那遥远的朋友。尽管，他在我心里长途跋涉数年之久，最终回到了朋友的位置，他仍旧是我生命中重要的人之一。

初二那天，哥哥的姐姐从远方来看望我们。一家人温馨地吃着晚餐时，我打开了手机，刷了下朋友圈，我看到他发的图，认出来是温榆河我熟悉的一段地方，我时常在那里散步。看到一家人其乐融融的画面，想到他独自在温榆河溜达，心中突然充满了难过和痛楚。先前，我已经产生了永不相见的想法，但想到哥哥说的，允许我有自己的朋友，何况这本应该是热闹团圆的新年。我想，我应该去陪伴我这位特殊的朋友。

于是，我匆匆吃完了饭，对哥哥说想出门散步。他知道我有饭后散步的习惯。我没给他发消息，只是站在院子里窥见了漫天瑰丽的黄昏的晚霞，便笃定地叫上了小阿姨，开车赶往了温榆河畔。我喊她将车停在稍远的地方，让她在车上等着我。

那时，天色将晚，黄昏的余光照着结冰的水面。春夏里枝繁叶茂的林荫小道一片荒芜，光秃秃的枝丫孤独地伸向暗淡的天空。我远远就认出他的背影来，他果然如我预料的那般，还在。

那日的他，穿着一件厚夹克和休闲裤，戴了一顶窄边的平顶帽子，穿着一双休闲的鞋子。我越走越快，渐渐奔跑向他。近了，他听到声音，回头看到了我，有些惊讶又喜悦地舒展开了笑容。我又看到了他眼角被夕阳照出琉璃般光芒的皱纹。我们静静地沿着河岸走着，谁也没再说话。

“要是当时在希腊，我向你告白了，现在是什么状况呢？”静谧中，他的声音淡淡地响起，“我最近偶尔会想这个问题，一直没有答案。”

“也许，比你的妻子更早离婚。”我故作轻松地笑笑。这问题太沉重了，沉重到之上覆盖着我十七年最美的年华，覆盖着我对哥哥永生的内疚和亏欠。但现在，这些沉重都随着我要和哥哥白头偕老，要照顾好他、爱惜好他的决心，变得轻盈起来。

“是的，这或许是其中的结果之一。但这世界上，永远没有如果……好在，你一直被保护得这样好，一直如此幸福。我想，这样长久饱满且深沉的幸福，是我给不了你的。你知道，我在单亲家庭长大，或许，这也是性格的一个巨大缺陷之一，我无法营造幸福感。而你爱的丈夫可以，你自己也可以营造这样的幸福。我会祝福你们的。”他说得很真诚，那双眼睛微微眯起，上了年纪，依然如同迷雾一般神秘。

“你大概不知道吧，每年过新年，我都为你放了祈福的天灯。”

“啊，这倒是没想到……我想，我们错过了彼此。”

“我们做知己更好，永远不会离婚，永远是好朋友。这多长久啊！”我又问道，“我算你的知己之一吗？”

“当然，我们是互相的知己，到老都是好朋友。”

“真好。”

“是的，很好很好。也许，这才是最好的遇见。”他释然地笑起来。

我们顺着河岸走了很久，他没有牵我的手，我俩自始至终都将手揣在衣兜里。天色已经完全暗下来了，黑夜拉开了幕帘。我问他自己过节是否孤单？

他摇摇头：“晚点儿有朋友来找我喝酒，我们会聊到两三点，那家伙太能聊了。有时候白天，摩友也来找我，我们沿着公路飞驰，自由的滋味太舒服了。也许，我会一个人过很久，也许，遇到对的人很快又结婚了，说不清楚。”

“你自己觉得过得不错，我就放心了。”我说。

“太晚了，你该回家了，谢谢你特意过来陪我。本来打算走的，看到夕阳如此美，又多待了会儿，不然你就扑空了。”

“我知道你喜欢夕阳，我也是看见傍晚如此美，才确定你依然在河畔边的。”

为这默契，我们再次一起笑了起来。他提议抽烟，于是，我们一起抽起了那款韩国香烟。抽完烟，他送我到了大路上，各自上了各自的车。

—07—

我的心中装满了繁花，似乎永远不会枯萎凋谢。那些枯木腐朽，总是自动地被清理掉，被埋葬，接着仿佛消失般融入了泥土里，使得我更加旺盛地生长。我已经是年过四十的女人了，但凡见过我的人，和我聊过天的人，都惊叹于我持久保持的少女感。倒并不是说我不会衰老，我的皮囊已然开始衰老了，眼角和鼻翼之间出现了细纹，我的鼻唇角开始有了下垂的迹象，好在，我还没有白发。我的少女感来自我的一颦一笑，来自我的谈吐和表情动作，我被我的朋友们称为永远的少女。他们说："即便你白发苍苍，我也会一眼认出来，你只是一个小姑娘。"

是的，我永远是个小姑娘。我心里的繁花越长越茂盛，每一朵熄灭，就开出来新的。我一直在生长着。

哥哥说，让一个女人成熟不是男人的本事，让他的女人做一辈子的小姑娘，才是真本事。

幸福，于我而言，是一种真切的感受。我的鼻子、眼睛、嘴巴、皮肤乃至心脏……我的身体和灵魂，总是在提醒着我，你是个幸福的女人。我那颗淋了十七年大雨的心，终于被温暖的太阳光晒干了，我的灵魂轻盈饱满，再也不是内心时而疼痛着的、湿漉漉的女人了。

2023年2月，我的画册在美国出版了。跟着，哥哥在北京为我举办了盛大的画展。那天，来了很多我们共同的朋友，我只是站在角落观望了一会儿，便看着哥哥和朋友们热情地聊天碰杯。他总是好人缘，像太阳般吸引着周遭的人聚拢在他身边。我现在看着，只觉得荣幸和幸福。我站在角落里，感受到他身上散发的微光正照耀温暖着我。

媒体的报道，终于给我冠以了艺术家的称呼。这是我向往已久的，想要贴在自己身上的标签。我并不在意我的画是否好，是否受欢迎，不论这个称呼以何种方式拥有，这是我内心坚定地确认我想拥有的。我告诉我那遥远的朋友，我办画展的时间，他回复我，他会去捧场的。

画展举行了一个月，这期间，我在他朋友圈发现了展览上的一幅我的画。是一个扎辫子的小姑娘，双手捧着一颗埋藏在泥土里的心脏。那是我最喜欢的一幅，象征着我埋藏了十七年的爱和追逐。我不知道他是有所察觉，还是单纯觉得那幅画最合乎他的审美。这些，已经都不重要了，不再重要了。

三月，哥哥一位好朋友要带她的女儿去韩国做微调整形手术。哥哥拜托母女俩带着我，去做下抗衰和护肤。他给了我足够的钱，尽管是小手术，他还是拜托朋友找了最好的医生，又请了翻译每日陪着我。我在韩国期间，和母女俩一起住在一家民宿里，得到了老板很好的照顾，每天都有丰富的早餐和中午、晚上的营养餐。我陪着母女俩去一家妇科整形医院，发现有一项手术是处女膜修复手术。第二天，我借口想带着翻译出去逛逛，独自去了那家医院，悄悄预定了那项手术，我没有告诉任何人，连哥哥也未曾告知。手术很简单，我几乎没感觉到任何痛苦。尽管是人工让我变成了完整的女人，但对于我来说，这是灵魂和身体合拢的新生的我，也是成了我梦寐以求的艺术家的全新的我。我的身体也完整了，我想要将这重新完整的身体，我的整个人——我的身体，我的生命和灵魂，我的余生，我的一切，全部献给哥哥。

回国后，我恢复了半个月。在三月的某一天，哥哥突然告诉我，有礼物要送给我，礼物有点儿大，拿不动，需要我自己去看看。他定了飞往希腊的机票，提前悄悄给我办好了签证。我像是回到了2002年刚毕业那年的八月，我跟着哥哥坐飞机照旧途经了阿布扎比，降落在雅典的机场。

我又回到了希腊，和我的哥哥，我的爱人。

傍晚，我和哥哥沿着雅典海岸边的沙滩散步，我想起第一次在沙滩上见到我那遥远的朋友的场景。驻足在沙滩上，把那个年轻的艺术家从记忆里打捞出来，细细地咀嚼回味着。哥哥问我，想不想再去一次米克诺斯岛？我沉默地望着他，不知道该如何作答。

“我会带你去的，那时候你才二十二岁呀，那么小遇见个懂艺术的画家，动了心也是人之常情。已经过去二十多年了，我已经不介意了。去吧，我也去追忆一下我那年轻的小姑娘。”

我们在雅典待了一周。这期间，哥哥带我去看了一栋复式小公寓，进门有个几十平方米的小花园，种满了花草，一些花朵绽放着，像是一种迎接仪式。我推门进了屋子，在挑高的客厅里坐了会儿，又顺着玻璃扶手的楼梯上去。这里的整体装修风格是日式原木的，看起来十分朴素温馨。

哥哥说：“这就是送给你的礼物，你如此热爱希腊，应该在这里有间自己的房子。另外，我还想告诉你，明天去录完指纹，我们就将有希腊粉卡，以后，你可以随便来这里，不用办签证了，你可以在这里有个自己的小住所。我希望你在这里也能找到家的感觉。这间公寓是属于你的了，希腊和爱琴海，也便是属于你的了。”

我感激地望着体贴温柔的哥哥，心中漫长的愧疚排山倒海地席卷而来。我又开始哭起来。

“在新家里，可不能动不动就哭鼻子呀。”哥哥提醒道。

于是，我又含着泪，大声笑起来，越笑鼻子越发酸。

我们去小公寓的时候，正是正午，地中海的日光透过客厅巨大的落地窗照进来，洒在哥哥身上。他宛若一尊披霞戴冠的神灵。太阳真暖和，太阳总是能抚慰人心。太阳将我湿漉漉的灵魂晒干了，此刻的我，如此充盈、如此饱满地幸福着。

次日，哥哥带我去办了一些手续，并去移民局录完了指纹。当天下午，我们坐轮船于傍晚抵达了米克诺斯岛。上岛时，落日磅礴的光辉洒满了整座小岛，地中海温柔的日光流光溢彩。我站在岛上，想起我二十二岁时沉默着却眼中带泪离岛的场景。当时，满世界都是那个艺术家的脸，他的脸在泛着金色流光的海面上，飞翔的海鸟是他的脸，天空中巨大的太阳也是他的脸，海风吹来的气息是他身上的气味，我坐在座椅上，双手抚摸过的扶手是他的肌肤……那时的他，仿佛渗透在地球的每个角落，仿佛充盈了整个宇宙的空间。

而此刻，我只是平静地牵着哥哥的手，跟随着哥哥，踏入了那些铺满了石板，有着蓝白相间的房子的街道里。

第五章

—01—

这里是爱琴海的堤岸。我又站在了我二十二岁时所站的地方，我还记得，这是相同的地方。只是，我的身边站着的是我真正的国王。我们相拥在爱琴海之上，海风吹过紧紧拥抱着的我和哥哥。地中海傍晚柔和的光照在我们身上，万物都在流动着，展示着蓬勃的生的气息。我在这里，点燃过爱情之火，那火焰从未熄灭过，被休眠又被唤醒。它一直燃烧着，以各种形态、各种温度，在我的身体里。我是希腊女孩，我也是北京姑娘，我如此平凡又普通，却同天地万物一样，同一朵绽放的花朵，同一只翱翔的小鸟，同一座静默的大山，同一片静谧沉沉的大海，我同万物一样，属于宇宙中唯一的存在。

我存在着，连同我身体里天赋般的爱。

哥哥的双手搂着我的腰，我把头深深埋在他胸口，吮吸着他的气息和海风的气息。我感到幸运离我这样近，我还拥有着哥哥。哥哥也像我们初见那般，一直拥有着我。我们的初见，那太遥远了，那是上个世纪末的事情了。哥哥陪同朋友来看大学的迎新晚会，我在那天的晚会上跳了一支独舞。当天穿着露出腰部的裙子，为了更彰显我身体的曲线，我饿了一天肚子。在舞台上，我跳到一半，低血糖发作晕倒了。哥哥和那同学在最前排，他们第一时间冲上来将我抱到了后台。哥哥把衣服披在我身上，又给我买来了蛋糕。蛋糕很甜，我坐在后台的地板上，双手捧着蛋糕，小口小口吃着。哥哥说，我吃蛋糕的样子像一只委屈巴巴的小松鼠。就是从那一刻起，他爱上了我。

我已经度过了我的大学时代，又走过了我的青春岁月，此时此刻，我已经四十多岁了，一个女人最好的年华已然消逝。在哥哥怀里，我却感觉到，我还是初见时，捧着甜蜜的蛋糕的小姑娘。

当晚，我带哥哥去了那栋别墅前，我永远不会忘记半山腰上的独栋别墅。门牌号照旧没有变化，那台阶两边的树木在春天已经枝繁叶茂，不似三月的北京一片荒芜。我敲响了那扇我那遥远的朋友曾经将我放进他心里的铁门。还是那位白人男子来开门，他已经老态龙钟，走路缓慢，但声音照旧洪亮。他还是个热情的人，跟我和哥哥分别拥抱后，招呼我们进去，并告诉我们，现在是淡季，今晚没有客人，要是到了八月份的旺季，我们这乍然到来，就订不到房间了。

“八月份，你必须预订，否则这房子就被别人订走了。八月真好。”他怀念着客人不断的八月，又流露出淡淡的忧伤，说道，“还有小半年才到八月呢，早着呢，早着呢。”

“上次你和恩禾就是住在这里的？”哥哥问。

“是在这里住过。”我只说住过，却将同谁一起住在这里回避了。我也不想告诉他，我在最年轻的年华里，怎样残忍地将他保护了几年的贞操，以奉献祭奠般的决绝，静悄悄地给了别的男人。是的，的确是静悄悄的，安静到至今我那遥远的朋友都不知道他得到过什么。时至今日，他对此一无所知。

在这世界上，除了我，再无人知晓，我把贞操遗落在了这栋别墅里。

—02—

就是在这间屋子里，比二十二岁更完整的我回来了。一个身心合拢，一个热情、温柔、爱着与被爱着的女人回来了；一个不再左顾右盼，不再拼命追逐，像黄昏般宁静又色彩斑斓的女人回来了。

我从未有过这样完整的时刻。在这间房间里，我将把余生和更完整的自己交给哥哥。他是上天给我的最大礼物，但与此同时，我也是一份礼物。在过去的漫长时刻里，我总是被束缚感裹挟着，沉默地挣扎，弱小纤细的身体里翻滚着惊涛骇浪。我总觉得那栋北京近郊的别墅，既是我的堡垒，更是背在我身上的蜗牛的壳。而现在，我终于合拢成了一个无比完整的女人。我如此轻盈自在又自由。

在我一去不复返的时光里，我曾经以为自由像风又似雨，是奔腾的河流和来去自如的闪电，是走遍千山万水，是和相爱的人在一起，是我想做什么的时候就去做。

而现在，站在四十岁年华的前边，我对此有了新的认识：所有使人安心自在，使人流动、舒展、收放自如，使人没有焦虑不安和恐惧以及患得患失感的——如水的形状，如土壤里的根茎，如世间万物的呼吸，灵魂默认了所有的——所有的人、房屋、吃饭睡觉、清晨黄昏、一棵开花的树、一粒新生的种子——都是本来的面貌，没有什么长成了枷锁的模样，除非枷锁本身。我也允许了我的晦涩和灿烂，允许了我的好与坏，允许了动与静、新与旧，允许熄灭，也允许了被唤醒和重生的，每一种我发自内心的模样，每个我心甘情愿的决定，每次热情投入的事情，譬如绘画，譬如做爱，在时光与时光碰撞出来的开合的心镜之中，窥见的自己，以及所有的过往和现在，此时此刻。宁静的心湖如同潮汐起落，远去的、融合的——全部通往了自由。我的身有所，我的心有属，我是独立的，也每时每刻与一切产生着连接。

一个自由自在的我——现在，我将把这个我，真正地交付给哥哥了。

就在这个逝去与新生同时存在的房间里。我的身体已远不如二十二岁时光滑紧致、身材曼妙。我的身体已经开始了初次的衰老，但我如此爱着我的身体，那些肌肉、神经、血液、跳动的心脏……我如此热爱着哥哥的身体，热爱着我们合拢在一起的新的身体。触摸他的皮肤和体毛，亲吻他的额头和脸颊，亲吻他的胸口、肚脐、大腿……我扎起来的长发松散开了，凌乱中带着一种类似兽的野性，一种纯粹动物的原始的爱欲。颤抖的肌肉和神经、微红发汗的皮肤、淹没了远处海面轮船汽笛声的喘息声，使我们战栗。

我修补完好的身体，在战栗中疼痛着。如医生所说，如我所期待的，我再次流血了。

“这才是我的初夜，一个完整的我，真正的初夜。”我对哥哥坦诚地说，“我在韩国做了处女膜修补手术，我的心曾经流浪过，现在它回来了。我的一切都属于你，这个新生的我，需要一个完整的身体来完成这样的仪式。我爱你，哥哥。”

哥哥替我擦干净血迹，只是沉默地抱紧了我。他的眼睛湿漉漉的，像是下起了细雨。

“我从来都认为你是完整的，这点一直没有改变过。”哥哥说。

“你现在存在着吗？”我问他。

“我和你都存在着，有时各自存在着，有时共同存在着。”

哥哥说着，又开始亲吻我的裸体。我们彼此都赤身裸体，敞开的身体和敞开的灵魂，在如歌的夜晚里再次交汇相融在一起。尽管，这新粉刷了的房间里，还残留着某种墙漆的气味，尽管海风将窗帘吹起来很高。

等我们完成了这个仪式，当我躺在哥哥的臂弯里，看着窗外远处的地平线上正在升起的月亮时，我又想起了关于我那遥远的朋友的一切。

我曾经爱过一个像月光般的男人，一个优秀的艺术家。

月色很美，每个夜晚，都有很多地球人仰望着天空中的月亮。可是，月光太冷，太冷了。那些身处黑夜中的人，仰望着月光，他们在等待着黎明，等待着太阳升起。太阳是明亮的，太阳下的一切都是笃定灿烂的。月光越暗越冷，太阳越亮越温暖。

所以，艺术家画了很多《寻找光明》，画了漫长的一个系列。所有的人都拿着手电筒，在黑暗中寻找着光。那手电筒的光芒粉碎了一切黑暗，治愈了很多在迷茫和困境中的人。而我，在现实生活中，终于后知后觉地抓紧了我的太阳。我终于明白，我原本就活在光亮之中，在那最明亮温暖的地方。

—03—

我和哥哥在一起至今，已经是漫长的历史。从我不到二十岁，一直到现在我四十一岁，而哥哥，已经快五十岁了。相当长的时间里，我一直认为我只是习惯了他。直到感受到他快要离开的脚步，直到窥见他将要转身的背影，我终于在剧痛和大病中明白了，我在爱他。我爱他的历史和他爱着我的历史一样漫长。我们的初见，从一支舞蹈、一块蛋糕开始，在那深邃如歌的夜晚的舞台的灯光下。我在台上的明亮处，他的视线追逐着舞台上的我。后来，我们结婚了，偶尔也在夜晚放了音乐，他喜欢看我光着脚跳舞，跳累了就趴到他身上，充当一只黏人的无尾熊。他总是伸出手无奈又宠溺地抚摸着我的额头，笑着摇摇头："你乖啊，下来吧，我快背不动你啦。"

哥哥过了四十五岁，体力明显大不如前，瞌睡多出来很多。我总是看见他在小憩，有时靠在沙发上，有时趴在餐桌上，有时横躺在铺得整齐的床上，也有时在床尾凳上睡着了……但我永远记得他温柔宠溺的声音。他的人在衰老，声音却似乎不会老。为了听他温柔宠溺的声音，我时常故意做一些事情，比如故意跳累了趴在他腿上，故意吃雪糕假装肚子疼，故意在夜晚洗完澡，不知羞地叫他给我拿浴巾……就为了听他那一声“你乖啊，别闹啦，小姑娘”。

——小姑娘。

我太喜欢听这个称呼了。这话从哥哥的嘴里喊出来，总是让我忘记了自己的真实年龄。我一直觉得我才刚认识他，尽管我们如此熟悉，熟悉入骨髓。时光过得太快了，快到我以为，顶多才过去两三年，我还是二十出头的姑娘。这期间，我的父母也老了很多，却更加相爱。我的公公去世了，婆婆和新的爱人依然互相陪伴着，相爱至今。爱是我的天赋，爱也是这个家庭的天赋和幸运。我相信，我们的孩子长大后，也会是个温柔体贴的人，传承着家族爱的能力。他同这个家庭的每个人一样，有着制造幸福的能力。他现在已经是个小男子汉了，像个能滋养自己又能滋养他人的小太阳。他会成为如他爸爸一样珍贵的男子。

哥哥牵着我的手走过被清晨的阳光照耀着的街道。那些阳光如此耀眼完美，我不再是一个破碎的人了。看着那日光，只觉得温暖。在我完整的眼光下，一切都变得完整起来。花不再是裂开的伤口，没有一朵花长得像深渊。雨天就是雨天，雨天就和哥哥坐在屋檐下喝咖啡、抽烟，听着潺潺雨声。我心里的雨停息了太久了，久到那些漫长而又一去不复返的时光，只是转瞬即逝。我曾经写过多年的信，那些厚厚堆积的信纸，已然成了史前之物般的存在。

我再也不会给他写信了。

清晨的海风吹来，吹跑了我的帽子，哥哥一路追着帮我捡帽子。我重新戴上帽子，才发现对面是一家画廊。这一定是新开不久的，至少我二十年前在这里时，这家画廊是不存在的。我说，我想进画廊看看。哥哥说，我在外边抽烟等你。

我一幅幅画看过去，突然在里边的一个展厅里，发现了一幅画。一颗巨大写实的心脏，缠绕着藤蔓枝丫，盛开着或大或小的花朵，背景是蓝天和隐约可见的米克诺斯岛的风车。我走近那幅画，凑进去，看见画的下方角落的细小签名。是他的画！我顿时感到一阵眩晕，脑海中关于他，关于和他在米克诺斯岛的记忆，关于大风车下的留影……那些心动的无数瞬间，所有的一切都席卷而来。在我的生命中，我仍然是个喜欢抬头仰望月光的人，但也仅仅，只是喜欢看月色了。再没有别的了。

我拿出来手机，拍下了这幅他的画。又在中午回去那栋别墅的时候，拍下了二十年没有变化，现在看起来依然很新的写着建房纪念日期的纪念牌，以及远处的碧蓝的爱琴海。我将这三张图放在一起，发了个朋友圈，没有任何配文，只是图片分享。这对我来说是很少见的。我的朋友圈是当记录本在使用，总是会配上各种各样的文字，来表达图片的意思。但这几幅图片，我什么也不想说，一个字也不想说。这三张图片包含了我的十七年，太冗长厚重，已经无法用语言来表达，唯有沉默。

没多久，他在那三幅图片下留言了。只有两个字：希腊，和一颗心的图案。

希腊，包含了所有——包含了雅典、米克诺斯岛、五个风车；包含了爱琴海、我们逝去的青春岁月、那些欢愉和动人心魄的无数个瞬间；也包含了我，那个二十二岁扎着麻花辫的小姑娘；包含了我在后来的大雾弥漫中沉沦深陷、追逐的十七年，以及我那饱含热泪的信和无数辗转难眠的夜晚……希腊，希腊。永恒的、已然永逝，又将永远存在新生和灿烂着的希腊。

几天后，哥哥带我离开了米克诺斯岛，乘船抵达了圣托里尼。我们住在爱琴海附近的一家带私家泳池和一个小露台的酒店。初到的当天，酒店送了一瓶红酒和一些甜点。我们在露台上点了烛光，一起喝着红酒，吃着甜点。对面就是著名的蓝顶教堂，脚下是夜色中宁静的爱琴海。抬头是漫天星光，月亮正升起来。

我们躺在露台的沙发上看星星时，我看到了我那遥远的朋友更新了朋友圈。他发了下雪的芬兰。此时此刻，他在一片雪景之中。我看着那些细雪，每消逝一朵，就有一朵新的诞生。我已经离开了和他一起度过的米克诺斯岛，现在，我与哥哥在圣托里尼，一座日光之城。他发了一双握紧的手，他手心握着的，是一只纤细白皙的女人的手。光看手，就知晓是个年轻美丽的小姑娘。也许，也许，像当年希腊的我那般年轻。我们都各自拥有了崭新的人生。

在希腊，我们曾经心心相印过，这是二十年后他告诉我的——在希腊，他爱过。

他短暂地爱过我，而我，以为可以隐秘珍藏到老，到生命终结的爱，随着时间的洪荒，随着那一片空山幽谷般的荒芜——我站在悬崖边上，呐喊了很多年，敲了很久的门，无人回应——终究消弭了。在消弭的刹那，我回首看见了那些深埋在心谷的、被唤醒的爱。我的那颗心，一生都被爱充盈着。时间将一颗完整的心分裂成了两半，又将分开的两半，细密缝合成了各自的两颗心。

我们终究都成了完整的人，拥有了完整的爱。爱着，也被爱着。

此时此刻，红酒斟满了，音乐交汇着低处爱琴海起伏不息的海浪声。我躺在哥哥的臂弯里看着月亮和漫天星光。月色很美，但月亮和星星却总是在黑暗里出现。

月色很美，可月光很冷；而太阳，永远是热的。

全文完